1쇄 발행일 | 2008년 4월 22일

지은이 | 김영두
펴낸이 | 정화숙
펴낸곳 | 개미

출판등록 | 제1999 – 3호 1992. 6. 11
주소 | (121 – 736) 서울시 마포구 마포동 136 – 1 한신빌딩 803호
전화 | (02)704 – 2546, 704 – 2235
팩스 | (02)714 – 2365
E-mail | lily12140@hanmail.net
ⓒ 김영두, 2008

값 10,000원

ISBN 978 – 89 – 87038 – 86 – 5 03810

신이 내린 스포츠 골프&섹스

김영두 지음

개미

에라, 모르겠다.

왜 섹스가 신이 내린 스포츠일까.

답은 자명하다. 지식이나 경험에 의하지 않고도 본능적으로 할 줄 알기 때문이다.

그렇다면 왜 골프가 신이 내린 스포츠일까.

인간은 근본적으로 선했다고 한다. 인간은 남을 해칠 줄도 몰랐고, 남의 것을 탐하지도 않았으며 남을 속일 줄은 더욱 몰랐다. 주일은 경건하게 기도만 하면서 보냈다고 한다.

그랬으므로 수를 다한 인간이 죽으면 가는 곳은 당연히 천국이었고, 인간 세상은 천국과 별반 다르지 않았다. 골프라는 스포츠가 없다는 것만 빼고.

천국은 죽은 인간으로 넘치는 반면 지옥은 개점휴업 상태였다.

그래서 천국의 천사들과 지옥의 사탄들이 이런 불균형을 해결하기 위한 회의를 했다.

천사인지 악마인지 자세한 기록이 없어서 알 수 없으나 누군가가, 오직 신만이 즐기는 골프를 인간에게 퍼뜨리자는 기발한 발상을 했다.

"자치기나 하던 인간이 신들만의 놀이인 골프를 하게 되면 마치 자신들이 신이 된 듯한 오만에 빠질 것입니다. 오만무례야말로 지옥사자들이 제일 반기는 인간의 짓거리가 아니겠습니까? 골프가 보급되면 보급될수록 천국보다 지옥으로 갈 인간이 많아져서 지옥도 시설을 확충해야 할지도 모릅니다."

적중될지 안 될지는 미지수였지만, 그 방법이라도 실천을 해보자고 모두들 동의했다.

업무수행 명령을 받은 신의 사자가 양치는 목동으로 변장을 하고 인간 세상에 내려와 목동 몇에게 골프를 가르쳤고, 그 후 세월이 흐름에 따라 서서히 인간 세상에 골프가 퍼지게 되었다.

그런데 골프를 배운 인간들 사이에서는 신들이 예견했던 것보다도 훨씬 심각한 사태가 벌어졌다. 물론 신의 놀이를 한다는 오만에 빠진 인간도 있었지만, 대부분의 골퍼는 타수를 속이고, 풀숲에 떨어진 공을 발로 차서 치기 좋은 위치로 꺼내놓고, 오비가 아니라고 우기고, 공이 안 맞으면 하늘에 대고 손가락질을 하며 욕설을 퍼붓고, 동반자의 공이 구멍에 안 들어가기를 기도하고, 남의 공이 벙커나 해저드에 빠지는 불운한 사태를 맞으면 즐거워하고, 말 방해로 동반자의 샷을 망치게 하고, 근무시간에 골프장으로 내빼기위해 거짓말을 일삼게 되었던 것이다.

어쨌거나 신들의 꾀는 적중하여서, 지옥은 죄지은 인간, 특히 골퍼들로 가득 차게 되었다고 한다.

이런 연유로 골프가 '신이 내린 스포츠'라는 명칭이 붙었다고 전해진다.

얼마 전에 나는 '담낭절제술'이라는 수술을 받았다.

고통을 없애려면 쓸개를 떼어내는 길 밖에 없다는 전문의의 처방을 듣는 순간, 나는 깊은 고민에 빠졌었다. 이를 악물고 식은땀을 흘리며 견뎠던 고통에서 벗어날 수 있다면 수술을 받아야 하겠지만, 살아난다는 희망보다 죽을지도 모른다는 공포가 더 나를 지배했기 때문이다.

살아 날 수 있을까, 아니 죽는다면 나는 천국과 지옥 중에 어디에 배치될까, 살아난다고 해도 골프를 할 수 있을 만큼 건강을 되찾을 수 있을까 하는 걱정으로 나는 며칠 밤을 새웠다. 또, 내 아이들에 대한 애잔함과 못 다한 일들에 대한 미련으로 가슴이 아팠다.

그러나 나는 (에라, 모르겠다.) 내게 닥친 불운을 겸허히 받아들이기로 하고 마음을 비웠다. 그래서인지 수술 전날은 영화관에서 영화를 한편 즐기고 입원을 할 만큼 마음이 평화로웠다. 수술실에 들어가면서는 그저 아들의 얼굴을 한번 바라보는 것으로 세상의 미련들을 접었다.

전문의는 스물두 개의 콩알 크기의 돌덩어리가 들어있던 쓸개를 제거함으로써 배를 부여잡고 신음하던 악몽 같은 고통도 같이 없애주었고, 지금은 언제 아팠냐는 듯이 건강해져서 다시 천국 같은 골프장에서 열심히 지옥에 갈 죄를 짓고 있다.

노력은 하되, 욕심은 버리는 것. '에라, 모르겠다'가 '쓸개 빠진 년'이 된 내가 얻은 교훈이다.

'에라 모르겠다' 하는 심정으로, 『오늘 골프 어때?』에 이어 『신이 내린 스포츠, 골프 & 섹스』를 세상에 내놓는다.

나는 이 책을 내일 지옥에 떨어진다 하더라도 오늘의 천국을 진정으로 즐기고자하는 사람들을 위해서 집필했다. 독자들이 이 책에서 즐거움을 얻기를 바랄뿐이다.

2008년 너섬에서
김 영 두

| 차례 |

작가의 말 · 4

제1부

제2부

제0홀, Golf & Sex

①

뗏장에서 골프코스까지

그가 태어난 곳은 잔디밭이다. 정확하게 짚자면 병원의 앞마당
이다.

그의 모친은 산기를 느끼자 병원으로 향했다. 극심한 진통으로
더 이상 걸을 수 없게 된 그녀는 병원 앞의 너른 잔디밭에서 잠깐
숨을 고르려 했는데, 그만 그가 세상 밖으로 나와 버린 것이다.

사흘 후에 그의 모친은 그를 안고 퇴원했다. 퇴원 수속을 밟던
그의 부친은 진료비 명세서에 분만실 사용료가 포함되어 있음을
보고, 불같이 화를 내면서 항의했다.

"잔디밭에서 낳았는데 분만실 사용료라니요?"

병원의 원무과장은 그의 부친의 얼굴을 쓰윽 한 번 올려다보더니 잘못된 진료비 명세서를 친절하게 고쳐주었다. 그러나 분만실 사용료가 그린피*로 이름만 둔갑을 했을 뿐 그가 지불해야 할 병원비는 전혀 달라지지 않았다.

"그린피가 뭐다요?"

그의 부친은 고개를 주억거리며 설명을 요구했다.

"그린피라는 것은요. 잔디밭 사용료입니다. 병원 잔디밭에서 분만하셨잖습니까."

원무과장은 아까보다 더 친절하게 설명해주었다.

"거 참 묘한 일이로다. 우리가 저 놈을 뒷산 묫뚱의 뗏장 위에서 만들었는디…… 거긴 뗏장 사용료도 안 받았는디……."

남편의 말을 받아 그의 모친이 낮게 속삭였다.

"암도 안 봤응게 글치요. 뒷산의 임자가 우리가 애 만드는 걸 봤어봐요. 뗏장 사용료도 받았을 거요. 을매나 무선 세상인디……."

그래서 그들 부부는 아이를 만든 잔디밭과 낳은 잔디밭, 두 곳 중에 한 곳이라도 사용료를 물지 않았음을 횡재했다고 믿었다.

그는 무럭무럭 자랐다. 뗏장의 기를 받고 잔디의 기를 받은 그는 무슨 운동이든지 잘했다. 뜀박질도 잘했고 쌈박질도 잘했다. 자치기와 구슬치기는 동네 조무래기들 중에 단연 으뜸이었다.

부친의 직업은 목수였는데 그는 가업을 물려받을 작정이었다. 어느 날, 엿듣고자 한 바는 아니지만 그는 한밤중에 부친이 땅이

꺼지게 한숨을 내쉬면서 중얼거리는 소리를 들었다.

"에구, 낮에는 못 박고 밤에는 거시기 박고…… 낮에는 구멍도 안 뚫린 단단한 나무에 못을 박으려니 힘들어 죽겠고, 밤에는 조개처럼 꽉 다문……."

부친의 말을 자르며 모친의 푸념이 뒤를 이었다.

"에구. 앞산 딱따구리는 연장도 없이 주둥이 하나로 단단한 나무를 잘도 뚫드만. 나야말로 낮에는 빨래 빨고, 밤에는 당신 물건 빨아 세우느라……."

그래서 그는 목수가 힘든 직업임을 깨달았고, 편한 직업을 찾아보기로 했다.

그가 프로골퍼가 되기로 결심한 것은 텔레비전의 골프 중계를 보고 난 뒤였다. 축구나 핸드볼이나 하키에서는 골키퍼가 공이 골에 들어가지 않도록 결사적으로 막지만, 비단처럼 보드라운 잔디 위에 뚫어놓은 구멍에 누구의 방해를 받을 것도 없이 소신껏 공을 넣기만 하면 되는 골프라는 운동을 그는 식은 죽 떠먹기라고 여겼다. 그래서 그는 단단한 나무에 못을 박는 힘든 목수가 아니라 뚫린 구멍에 공을 넣는 편한 프로골퍼가 되기로 진로를 바꾸었다.

그는 열심히 노력하여 프로골퍼가 되었다. 탄생의 순간부터 그는 골퍼가 될 운명이지 않았는가.

그가 첫 프로투어로 필리핀에 갔을 때 생긴 일이다.

대회가 끝이 나던 날, 그는 술이 그리웠다. 그는 아직 여자 경험이 없었지만 막연하게 여자도 그리웠다. 술집에 들어가서 한잔 마시고 있을 때였다. 그에게 아리따운 이국의 아가씨가 접근했다. 어인 떡인가 싶어 그는 짧은 영어와 손짓 발짓을 섞어 그녀를 유혹하기 위해 최선을 다했다.

"제가 묵는 호텔 방에 가서 한잔 더하시겠어요?"

마지막 숨겨진 카드를 내밀어도 될 순간이 왔음을 본능적으로 느낀 그가 세상에서 가장 달콤한 목소리로 말했다.

"유 노우…… 아엠 어 프로페셔널……. (You know…… I'm a professional…….)"

그녀가 살풋 요염한 미소를 짓더니, 그의 귓가에 입김을 불어넣으며 속삭였다.

프로페셔널? 프로? 프로라면 남들이 그를 부르는 이름이 아니던가.

"음…… 아 유 프로페셔널? 미투…… 아엠 어 프로."

그는 같은 프로끼리 만났음이 너무 반가워서 그녀를 얼싸 안으려 했다. 그 순간 그의 볼에서 불이 번쩍 일었다. 그는 따귀를 한 대 맞은 것이었고, 아리따운 그녀는 결코 아리땁지 못한 욕지거리를 뱉으며 사라진 뒤였다.

그나 그녀나 몸으로 수입을 올리는 프로임에는 분명하지만, 그는 골프코스에 있는 잔디에 뚫린 구멍에 공을 넣어서 상금을 따먹는 프로페셔널 골퍼였고, 그녀는 자신의 몸의 잔디에 있는 구멍을 이용하여 수입을 올리는 프로였던 것이다.

그가 새로운 여자를 만난 곳은 다름 아닌 골프코스였다.

여자는 매혹적일 만큼 아름다웠고, 골프도 잘했다. 그는 그녀와 결혼하고 싶었다. 그가 청혼만 한다면 그녀는 오케이 해줄 것만 같았다. 언제 어디서 어떻게 사랑을 고백하는 것이 좋을까. 요람처럼 편안한 잔디밭에서 사랑을 고백하면 성공의 확률이 높으리라고 그는 생각했다. 그는 여자를 골프코스로 이끌었고 젊은 연인들은 즐겁게 라운드를 시작했다.

7번 홀에 이르렀다. 여자가 티샷*한 공이 왼쪽 오비*지역으로 날아갔다.

"상심하지 말아요. 나와 결혼하면 내가 혹이 나지 않는 법을 가르쳐 드릴게요."

드디어 그가 두근거리는 가슴을 누르고, '결혼'이라는 단어에 강세를 넣어 말했다.

"결혼이라구요? 당신이 나에 대해 무얼 알죠?"

여자는 깜짝 놀랐는지 눈을 동그랗게 뜨고 그를 바라보았다.

"무슨 그런 섭섭한 말을 해요? 당신은 아름답고 골프도 잘하고…… 나와 천생연분임이 분명해요."

"그래요. 그렇기는 하지만…… 난 사실은 후커(hooker)에요."

여자가 슬픔이 가득한 얼굴로 그를 향해 말했다.

"당신이 후커란 사실이야 처음부터 알고 있었지요. 난 프로골퍼

아닙니까. 당신은 왼손의 악력이 약해서 테이크백*을 할 때에 왼손등이 밑으로 뒤집어 진다구요. 왼손이 뒤집어 지면 헤드페이스도 닫히기 때문에 임팩트*시에도 헤드가 닫혀 훅이 나죠. 당신 같은 경우가 가장 교정하기 힘든 경우인데 본인의 노력 없이 프로가 가르치는 힘만으로는 절대 고칠 수가 없어요. 우리가 결혼을 하면……."

그가 진심어린 충언을 하다가 옆을 돌아보았을 때, 그녀는 없었다. 그녀는 골프채를 집어던진 채 그를 떠나 어디론가 가고 있었다.

주(註):후커(hooker) _ 매춘부의 속어

당거, 엘쥐, 널니리, 거적때기의 노래

나는 구질구질하게도 슬라이스*성 구질을 가졌다. 그래서 티잉그라운드*의 오른쪽에서 왼쪽 페어웨이*를 보고 친다. 페어웨이를 넓게 쓰려는 얄팍한 속셈이고 그 속셈은 제법 잘 맞아 떨어져 왔다. 열 번의 티샷 중에서 일곱 번은 공이 부메랑처럼 오른쪽으로 호를 그리며 날아가 페어웨이에 안착한다. 그러나 언제나 계산한 방향대로만 공을 보낼 수 있다면 진즉에 프로로 나섰지 여기서 이 웬수들과 지지고 볶겠는가.

나는 보무도 당당하게 티잉그라운드로 올라가서 힘차게 티샷을 했다. 삼인조 합창단이 일렬횡대로 서 있었고 그들은 곧 입을 모아 '굳샷'을 노래할 차례였다. 그런데 이상한 불협화음이 들려왔다.

"당거."

영은이가 염장을 쳤다.

"엘쥐."

꼬리가 사라지려는 영은이의 외침을 받아서 현지가 가락을 늘였다.

"닐니리?"

미숙이의 꾀꼬리 같은 목소리가 뒤따랐다.

'당거'의 뜻을 아는가. 당거는 최불암 씨리즈에 나오는 최불암의 대사이다.

최불암에게 약국의 야간 당직을 맡겼는데 아침에 가보니 최불암이 입에 거품을 물고 신음하고 있었다. 무슨 약을 먹었느냐고 물었더니 최불암이 다 죽어가는 목소리로 '당거'라고 했다. 전라도 사투리로 단 음식을 '단 것', 그러니까 '당거'라고 한다. 단 것을 먹었으면 신음까지 할 까닭이 없다고 생각한 약사가 재차 물었다. 최불암이 자신이 마신 약이 들어있는 약장을 가리켰다. 약장 유리에는 'DANGER'라고 쓰여 있었고 해골 그림도 붙어있었다고 한다.

영은이는 숲 속으로 도망하는 내 공의 행적을 쫓다가 오비의 위험이 있다는 뜻으로, '당거'라고 외친 것이다.

오비지역으로 도망간 줄 알았던 내 공이 페어웨이로 굴러 나왔음을 안 현지가 외친 '엘쥐'의 의미는 무엇일까. 오비가 나려던 공이 나무를 맞고 페어웨이로 나오거나 워터해저드※에서 물수제비를 뜨고 땅으로 튀어 올라올 때, 우리는 '럭키', 운이 좋았다고 외친다. 언젠가 내가 '럭키'라고 우렁차고 씩씩하게 외치는 소리를 들은 미숙이가 말했었다.

"무식하긴…… 럭키라는 회사의 이름이 엘쥐로 바뀐 지가 언젠데……."

미숙이는 무식한 친구들에게 유식을 불어 넣어주었다. 그래서 우리는 유식한 친구 덕분에 '럭키'라는 무식한 말을 버리고 유식하게 '엘쥐'라고 외치게 되었다.

그렇다면 미숙이의 '닐리리?'는 무슨 심오한 의미를 내포하고 있는가.

당거가 대인저, 즉 위험의 뜻이고, 엘쥐는 럭키, 행운이라는 뜻이라면, '닐니리'는 '리얼리', 한국말로 '정말'의 뜻이다.

현지의 소녀일 적의 소원은 영화배우가 되는 것이었다. 그런 청운의 꿈을 품을 만큼 그녀는 이목구비도 수려하고 표정도 풍부하고 몸짓도 현란하다. 영화배우의 흉내도 곧잘 낸다.

"서양 사람들이 상대방의 말끝에, 어깨를 약간 으쓱하면서 '리얼리' 하고 묻는 거 말이야. 그거 멋있지? 우리나라 사람들도 '정말'이라고 추임새를 달지만 몸짓이 없어서 밋밋하잖아."

"뭐가 멋있니? 하나도 안 멋있는데…….''

"서양 사람들은 제스처가 자연스럽다아…… 이 말이야.''

현지는 억세게도 서양식 제스처가 부러웠나보다. 서양식 제스처를 멋지게 소화하려면 당연히 영어를 잘 알아듣고 시부렁거릴 줄도 알아야 할 것이다. 그러나 불행하게도 현지는 거의 나와 맞먹는 수준으로 영어를 못한다. 그녀와 내가 영어를 못하는 데는 눈물겨운 사연이 있다. 나는 고등학교에 다닐 적에 영어 선생님을 싫어했다. 눈꼴사납게 잘난 척하는 영어 선생님이 미웠다. 나 혼자서만 영어 선생님을 싫어하는 줄 알았는데 동지가 나타났다. 그 동지가 바로 현지이다. 누군가를 죽도록 싫어한다는 공통점이 우리를 친구로 맺어줬다. 그래서 죽자고 영어 공부를 안 했다. 결과가 이 모양 이 꼴이긴 하지만 말이다.

좌우간 '리얼리'라는 말과 몸짓이 부러웠던 현지는 거울을 보고 미국식 제스처를 연습했다. 어느 날인가 진짜로 멋있게 부려먹기 위해서였다. 준비되어 있는 사람에게는 기회가 오기 마련이다. 현지는 산부인과 의사인 남편을 따라 학회에 가게 되었다. 외국인들이 더 많이 참석한 모임이었다. 쓰왈라 쓰왈라 영어로 대화를 나누는 남편을 위시한 박사님들 옆으로 그녀가 다가갔다. 남편이 벽안의 외국 동업자에게 그녀를 소개했다. 소개를 받은 금발의 사내가 부인이 대단히 미인이라는 속이 훤히 들여다보이는 찬사를 하고 나서, 내년에 미국에서 열리는 학회에는 두 분이 같이 참석하시라고, 자기 집에도 한 번 초대하고 싶다고, 말했다. 그 말을 듣는 순간 그녀는 드디어 마르고 닳도록 훈련한 '리얼리'를 내놓을 절호의 기회가 왔음을 알았다. 그래서 어깨를 으쓱하는 제스처와 함께 피나게 연습했던 단어를 멋지게 구사했다.

"닐리리?"

아아, 이게 무슨 후회막급한 창피란 말이냐. 그렇게 입 안에서 굴리던 '리얼리' 대신에 웬 얼토당토않은 '닐리리'가 튀어나온단 말이냐. 그녀는 쥐구멍을 찾고 싶은 심정이었다. 그런데 참으로 묘한 일은 그 박사님께옵서는 그녀가 분명 '닐리리'라고 했는데도 '리얼리'라고 알아들었는지 오브코오스 어쩌구 하면서 이야기를 계속하는 것이었다.

배꼽이 뒤집어지고 눈물이 앞을 가려서 차마 들어줄 수 없는 사연을 전해 듣는 순간, 우리는 현지의 별명을 '닐리리'라고 명명했다.

마지막으로 내 별명도 소개해야겠다.

'당거'와 '엘쥐'와 '닐리리'가 내게 지어준 별명은 '거적때기'이다.

내가 그녀들의 별명을 소재로 삼아 글을 한 편 쓰겠다고 공갈을 쳤더니, 내 별명까지 같이 공개하지 않는다면 내 책과 내 글이 실리는 잡지를 불매운동하겠다고 억박지르는 바람에 울며 겨자먹기로 공개를 한다.

나는 곧잘, 아니 술만 취하면 내가 한국의 문학사와 골프 칼럼의 역사에 거적(巨跡)을 남기겠다는 망언을 입에 달고 다녔는데, 내 친구들은 나의 행태가 무척 고까웠나보다.

"거적을 남기겠다고 해서 무슨 말인가 했더니 거적때기 둘러쓰고 다니겠다는 말이었니?"

어느 겨울날, 멋을 낸답시고 망토를 걸치고 친구들 앞에 나타났더니 현지가 빈정댔다.

망토를 입었던 죄로 나는 거적때기가 되었다. 얼마 전까지 내가 가지고 있었던 별명은 '멍석'이었다. 친구들 앞에서는 제법 잘 떠들다가도 마이크를 들이밀거나 강단에 세우면 땀만 뻘뻘 흘린다고, 하던 짓도 멍석을 깔아주면 못한다고 붙은 별명이었다. 멍석이건 거적때기이건 바닥에 깔고 뭉개는 물건인데, 친구들은 나를 그렇게도 깔아뭉개고 싶은가보다.

그런데 골프라운드를 하면서도 거적때기라는 소리를 듣는다. 연못 건너에 그린이 있는 파3홀에는 연못 근처에 거적때기 비슷한 매트가 깔려 있다. 공을 물에 빠뜨린 사람이 제3타를 치는 장소이다. 이런 홀에서 내가 공을 물에 빠뜨리면 당거가 말한다.

"거적때기는 거적때기에서 쳐라."

말을 해도 좋을까

　나는 골프채를 세 번 개비했다.

　골프에 처음 입문했을 당시에는 어떤 채가 내게 맞을지 몰라서 티칭프로가 권하는 채를 무턱대고 구입했다. 두 번째는 100타의 기록을 깼을 때 키, 몸무게, 악력, 손의 크기 등을 고려해서 장만했다. 아니 생일선물이라는 명분을 걸어 남편에게서 골프채 한 세트를 갈취했다. 세 번째는 90타의 기록을 깨고 나서 여성 골퍼라면 누구나 갖고 싶어하는 상표로 구입했다. 골프라는 운동의 속사정도 어느 만큼은 살필 줄 알게 된 구력에 도달 한 터라, 골프샵에 들러 여러 번 시타도 해보고 사들였다. 그래서인지 특별히 애착이

갔다. 필드에서 수많은 시간을 동고동락하며 친해졌다. 지금은 손
맛도 잘 들어서 애인 같은 느낌이 든다.

친구, 인경이가 골프를 시작하면서 내게 어떤 골프채를 사면 좋
은지 묻기에 나와 같은 상표를 권했다. 인경이는 다른 사람에게
골프채에 대해 더 묻거나 스스로 어떤 정보도 얻으려 하지 않고
두말 없이 나와 같은 것을 구입했다.

나는 내가 초보였을 적에 당한 설움을 잘 기억한다. 골프를 잘하
는 친구들은 저네들끼리만 모여 다니면서 나를 붙여주지 않았다.
골프는 하고 싶은데 불러주는 사람이 없어서, 잔칫날에 따돌림 당
한 퇴기처럼 슬펐다. 그래서 나는 스코어 카드에 열댓 개씩의 갈
매기(트리플보기를 나타내는 숫자 3)가 그려지는 친구들이 동반

을 원하면 기꺼이 응해준다.

인경이의 스코어 카드에는 갈매기가 펄펄 나르고 가끔은 오리(더블보기를 나타내는 숫자 2)가 떠다닌다. 그녀의 공은 앞쪽으로 날아가는 것이 아니라 지그재그로 페어웨이 좌측으로 굴러갔다가 가끔은 우측 하늘로 높이 솟기도 한다. 손바닥만한 연못도 넘기지 못한다. 실력으로 따지자면, 내가 인경이와 함께 라운드를 한다는 것은 유치원 보모 노릇을 하는 것과 같다.

"애, 프로가 그러는데 여자는 골프 잘 안쳐도 된대. 멋진 옷 입고 멋진 폼으로 멋진 채를 휘두르면 된다드라."

천연덕스럽게 그런 말을 하는 그녀를 곱게 보아줄 수가 없다. 이러저러한 이유로 연습도 못하고 라운드 빈도도 낮지만, 열심히 노력하겠다는 의지라도 가졌다면 예쁘게 봐줄 수 있다. 멋진 폼은 정석에 가까운 폼이기 때문에 누구나 멋진 폼으로 가꿔야 할 필요가 있을 것이다. 그러나 정말 골프를 사랑한다면, 멋진 옷과 채 보다는 실력이 우선이어야 하지 않겠는가.

인경이와 골프 라운드를 하던 날이었다.

첫 홀의 티샷에 앞서 굳어진 몸을 풀기 위해 드라이버*를 겨드랑이에 끼고 몸통을 좌우로 비틀어 보고 있는 내게 그녀가 다가왔다.

"애, 내 캐디백 안에 들어 있는 피칭웨지*하고 샌드웨지* 좀 봐줄래?"

나는 그녀의 채가방 안을 살펴보았다. 드라이버에서부터 퍼터*
까지 반짝반짝 윤이 나는 새것인데, 피칭웨지와 샌드웨지만 헤드
는 물론이고 그립도 손가락이 닿았던 자리는 보풀이 일어나 있었
다.

"너, 숏게임 연습 무지 하나보다. 두 개만 헌 것이네."

나는 속으로는, 그립과 헤드가 이렇게 닳도록 연습을 하는데 그
토록 엉망진창의 실력이라면 너 골프 때려쳐라, 라고 말해주고 싶
은 참이었다.

"이거 봐. 니 것은 새 것이잖아."

그녀는 내 채가방에서 피칭웨지와 샌드웨지를 꺼내들고 있었다.
지난번 라운드에서 그녀 것과 내 것이 바뀌었음이 분명했다.

"바뀌었지? 난 그립이 너덜너덜하게 해어지도록 쓴 채가 없어.
2주전에 너하고 라운드한 뒤로 가방을 열어보지도 않았어. 니 것
하고 내 것하고 상표가 같아서 캐디가 잘못 넣었어."

그러면서 내 가방 속에 들어있던 새 것을 빼앗아 갔다. 그녀의
말이 지당했으므로 나는 그녀가 하는 양을 바라보고만 있었다.

신발 한 켤레를 영원히 신는 비법을 아는가. 신발이 낡으면 잔칫
집에 가는 것이다. 잔칫집 토방 앞에는 벗어놓은 신발이 수십 켤
레 있을 것이다. 헌 신발은 벗어놓고 새 신발을 신고 와버리는 것
이다.

대학에 다닐 때에, 한국 여자의 이름으로는 흔하디 흔한 김숙희

라는 이름을 가진 친구가 있었다. 그녀는 교양과목을 수강 신청할 적이면 이름 뒤에 꼭 B라는 글자를 붙여서 '김숙희B'라고 썼다. 그녀는 공부를 아주 잘 했으므로 만약에 동명이인과 학점이 바뀌면 손해 볼 사람은 자기라고 했다. 실제로도 그녀는 같은 과목을 수강하는 이름이 같은 애와 성적이 맞바뀐 적이 있다고 했다. 출석도 충실히 했고 시험도 잘 치렀는데 C학점이 나와서, 항의를 하러갔다가 동명이인과 학점이 교환되어 기재된 사실을 알았다고 했다. 그런 일이 있은 뒤로, 같은 불이익을 당하지 않으려고 미리 조처를 한다고 했다.

"옴마, 그래? 내 채는 본토에서 직접 사 가지고 온 거야. 국내 조립품하곤 달라. 엄청 손재수 날 뻔했네."

나는 채를 찾아오면서 친구에게 거짓말을 했다. 그러나 정작 해야 할 말은 안 했다. 2주 전에 같이 라운드를 하면서 있었던 사건은 고백하지 않았다.

450미터의 파5홀에서 였다. 내가 티샷한 공이 여우골이라고 불리는 깊은 러프에 떨어졌다. 공을 높이 띄워 올리지 못한다면 탈출할 수 없을 만큼 러프는 페어웨이 보다 2미터는 깊었다.

나는 피칭웨지와 샌드웨지를 들고 잡풀이 무성한 여우골로 내려갔다. 공은 돌무더기 위에 놓여있었다. 카트 길을 수리하면서 걷어낸 시멘트 조각들도 돌 틈에 섞여 있었다. 수리지임을 나타내는 말뚝이나 금줄이 있을 줄 알았는데, 아무 표시도 되어있지 않았다. 그렇다면 돌무더기 위에 요염하게 올라앉아 있는 공을 그냥 쳐야한다는 뜻이다. 동반자들의 모습이 내게 보이지 않으니까 아마 그들에게도 내가 보이지 않으리라. 슬쩍 발길질 한 방이면 공은 풀잎이나 말랑말랑한 흙 위로 굴러 내려올 것이다. 나는 한참을 양심과 싸우며 갈등했다. 그리고 결심했다. 보는 눈이 없다고 속임수를 써서는 안된다, 있는 그대로 치자.

그리하여 아무 조처도 없이 쳤다. 돌무더기 위에 있는 공을 떠올려보겠다고 샌드웨지를 휘둘렀다. 공은 꼼짝도 안 했는데 공 근처에서 불꽃이 일고 돌가루가 튀었다. 안되겠다 싶어서 피칭웨지로 바꿔 잡았다. 공만 때릴 생각이었다. 그렇지만 실패했다. 날카로운 금속성 마찰음이 들렸고 팔꿈치에는 고압 전류가 흘렀다. 빗맞은 공은 자리를 옮겨 나무 등걸 위에 오뚝이처럼 앉았다. 바위도 내리 찍었는데 까짓 나무 등걸쯤이야…… 나는 다시 피칭웨지로 공의 밑부분을 과감하게 후려쳤다. 나무에 도끼자국이 생기면서 공은 여우골을 벗어났지만 나는 팔꿈치에 심한 부상을 입었다. 내가 사랑하는 피칭웨지나 샌드웨지도 같은 부상을 입었다.

인경이는 내가 나무 등걸과 바윗덩이에 도끼와 괭이처럼 써먹은 채를 찾아갔다. 도끼와 괭이는 캐디가 내게 쥐어주었다. 나는 일부러 인경이의 채를 손상시키지도 않았을 뿐더러 속임수를 쓰지도 않았다.

"채 다시 바뀌지 말라고 표시하는 거니? 채가 바뀐다고 해도 넌 손해날 일이 없잖아."

　채가 다시 바뀌면 어찌하나 고민하면서 이니셜이 새겨진 스티커를 샤프트마다 붙여놓는 내게 인경이가 말했다.

연인, 떠나가다

경미가 골프라운드를 하자기에 평상시처럼 만남의 장소로 갔다. 나는 골프장 클럽하우스에 도착해서야 두 팀이 부킹이 되어있다는 것을 알았다. 경미가 결혼을 전제로 사귀고 있는 남자를 친구들에게 선을 보이기 위해 마련한 자리였다. 경미의 남자 친구도 세 명의 친구들을 동반하고 왔다. 그래서 쑥스럽게도 남녀 둘씩의 혼성 라운드가 이루어졌다.

나는 그곳에서 경한 씨를 만났다. 친구의 남편이 될 남자의 친한 친구들은 골프라운드에 그리 편한 상대가 아니다. 공이 너무 안 맞아도 폐를 끼칠 것 같았고, 대화나 에티켓에도 각별히 신경을 써야할 것 같았다. 경한 씨도 경직된 분위기가 견디기 어려웠나보다.

"조그맣게 내기라도 하죠."

그늘집에서 김이 서린 안경을 벗어서 닦는데 경한 씨가 말했다. 아홉 홀을 도는 동안 지켜본 그의 실력은 거의 싱글핸디캐퍼* 수준이었다. 그에게 네 점을 받고 나머지 홀을 돌았다. 내가 삼천 원을 땄다.

잠시 맡겨놓은 삼천 원을 출금하기 위해서 라는 명분으로 경한 씨가 내게 다음 라운드를 제안했고 나는 흔쾌하게 수락했다. 경한 씨는 내 골프 실력과 매너를 칭찬하고 몹시 유쾌했음을 강조하면서 재차 라운드를 청했다. 세 번째 라운드에서 그는 아예 월례모임을 만들자고 했다. 모임 구성원 네 명의 전원 찬성으로 월례모임이 출범했다.

남녀란 자주 만나면 가까워진다. 월례모임이 있는 날에 경한 씨와 같이 보내는 시간은 무려 열 시간쯤 된다. 차를 타고 이동하는데 두 시간, 라운드에 다섯 시간, 식사를 하면서 복습과 반성과 다음에는 좀 더 잘하자는 결의와 농담을 하느라 두 시간 이상을 소요한다. 어쩌다 노래방에 가거나, 내가 요량도 없이 맥주라도 마셔버리면 그는 내 차를 운전하여 집까지 데려다준다. 해뜨기 전에 만나서 달이 뜬 다음에 헤어진다.

그리고 그와는 이메일을 주고받는다. 그는 내가 보낸 이메일에

꼬박꼬박 답장을 해왔고 나는 그런 편지질에도 상당한 재미를 붙이게 되었다.

나는 경한 씨에게 보낸 이메일에 이렇게 적었었다.

"한 달에 두 번, 같이 골프라운드 할 수 있는 남자 친구가 있었으면 좋겠어요. 두 번이 힘들면 한 번은 골프라운드, 한 번은 연극 구경을 가는 등의 데이트…… 아참, 한 가지 더 욕심을 내자면, 내 메일에 성의있는 답신을 해주었으면 좋구요."

나는 경한 씨와의 라운드에서 즐겁고 유쾌한 분위기를 창출할, 낭만적인 데이트로 이끌, 청량감 넘치는 편지를 보낼 자신이 있었기 때문에 자만에 차서 적은 글줄이었다.

나는 나르시시즘이 심한 공주병 환자라면 경한 씨는 서양식 예절이 몸에 밴 페미니스트라고 할까. 나르시스와 페미니스트는 얼마나 잘 조화를 이루는가.

어느 날인가 알코올의 힘을 얻은 경한 씨가 조심스럽게 내게 말했다.

"나는 그대와 좀 더 가까운 사이가 되고 싶어요. 그대와 친밀해지고 싶은 내 마음을 알아주었으면 해요."

나는 얼굴이 붉어져서 애매한 웃음을 물고 있는데 경한 씨가 꼬리말을 달았다.

"애인이 있어요?"

이런 물음에 정직하게 답을 해야만 하는 것일까. 남녀가 친밀해지는데 상대에게 애인이 있으면 안 된다는 뜻인가. 사실 경한 씨와 나는 골프라운드의 횟수만큼은, 메일을 주고받은 만큼은 간격이 좁혀져있었다. 그러니까 그가 내게 애인의 존재여부를 물은 까닭은 단순한 골프 친구의 차원을 넘고 싶다는 뜻일 것이다.

"……있다고 봐야죠."

나는 고향 친구이자 한때는 사랑이라는 말도 입에 담았던 성준을 떠올리며 조그맣게 중얼거렸다. 데이트를 한 지가 반년이 넘었고, 몇 번의 내 이메일에 답장이 없었고, 아직까지 전화도 없는, 그러나 이렇게 경한 씨 같은 존재가 등장하면, 꿈에라도 출현해서 방어막을 치는 남자, 성준 말이다.

긍정도 부정도 아닌 내 대답을 듣고 경한 씨는 혼란에 빠지는 것 같았다. 친구 이상의 접근은 원치 않는다는 뜻으로 들었는지, 그는 말문을 닫아걸고 술잔만 비웠다.

오늘, 성준에게서 전화가 왔다. 아니 이틀 전에도 문자 메시지가 들어오기는 했었다. 나는 어제 문자 메시지를 읽었다. '전화 바람' 이라는 전문을 대하자 머릿속에 수세미만 가득 찬 듯이 복잡해졌었다.

"날씨가 독하게 맑아…… 차나 한 잔 할래?"

성준은 우정 다감하게 말하고 있었지만 목소리에는 노여움이 깔려있었다. 그가 내 집 근방으로 오겠다고 했다. 처음 있는 일이었다. 그가 황송하게도 나를 모시러 오는 일은 없었다.

십 년 전에 성준과 사소한 신경전을 벌이고, 그러나 겉으로는 흔연하게 헤어진 적이 있다. 나는 돌아오면서 오늘 그와의 만남은 오비를 두 번 내고 쓰리퍼트를 서너 번하고 해저드에 두 번 공을 빠뜨린 골프라운드 같았다고 생각했다. 골프에 정이 떨어지면 골프코스를 찾지 않듯이 그도 내게 정이 떨어졌다면 한동안은 나를 찾지 않을 것 같았다. 예측했던 대로 그에게서는 이 년 넘게 연락이 없었다.

　내가 옆 좌석에 올라타자, 이렇게 화창한 날은 실내에서 차를 마시는 것보다는 드라이브를 하는 편이 낫겠다고 했다. 뻗은 길을 무작정 달리다 보니 영종도였다. 차나 한 잔이라는 말과는 달리 우리는 반주를 곁들인 점심을 먹고 종이컵에 담긴 커피를 들고 바닷가로 나갔다. 투명한 공기에 잘게 분산된 햇빛의 알맹이들이 모래 위를 뛰어다니고 있었다. 릴 낚시를 드리운 낚시꾼들이 얼굴에 모자를 얹은 채로 반쯤 누워서 졸고 있었다.

　"전화해 달랬는데…… 심경에 변화가 있니?"

　하늘은 정한수에 행군 듯이 맑았고, 콧노래 같은 바람이 머리카락을 비질하며 지나갔다.

　"가깝게 지내는 남자가 있어."

　나는 물결을 차고 바다 가운데로 날아가는 바람에게 대고 말했다.

　"넌, 지나치게 정직해."

담배 한개비를 태울 짬도 지나고, 저만치 앉아있는 낚시꾼이 망둥어를 두 마리나 더 잡은 다음에야 그가 말했다.

"자주 골프를 같이 하다보니까 가까워졌어. 친해졌어."

"오래되었니?"

"글쎄…… 골프라운드 열 번쯤……."

갈매기가 날아와서 과자부스러기를 물고 달아났다. 갈매기는 고깃배의 고물에 앉았다.

"아까 너를 기다리는 동안 차 안에서 가만히 짚어보니까, 니 얼굴과 이름을 기억한지가 삼십삼 년이더라. 그렇지만 너하고 같이 보낸 시간은 그리 길지 않았어."

내가 전화를 걸면 그는 바쁘다고 했다. 나는 그의 거절이 두려워서 더는 연락을 취하지 못했고, 답장이 오지 않는 편지는 귀머거리에게 하소연하는 것 같아서 맥이 빠졌다. 나는 그가 아프리카로 미국으로 출장을 다녀오고 직장을 옮기는 것도 몰랐고, 그는 내가 이사를 하고 경한 씨와 골프라운드를 열 번이나 하는 줄도 몰랐다.

"네게 너무 성의가 없었음은 인정해. 그러나 지금 선택은 네 몫이야. 네가 날 선택한다면 배전의 노력을 하겠어. 같이 골프도 하고 영화도 보고 메일도 꼼꼼하게 답장하고……."

그는 내게 일주일의 시한을 주고 표표히 가버렸다. 이렇게 단호하게 선택의 칼자루를 쥐어주고 떠나간 것도 처음 일이다. 그는 과거에는 아무런 언질도 없이 홀연히 꺼져버렸었다. 석 달이나 반 년이나 일 년 후에 아니 삼 년 후에 눈 밑에 주름이 한두 개 더 늘거나 과장에서 부장으로 이사로 직급이 높아져서 돌아오고는 했다.

"삼십여 년 동안 너에게 마음으로나마 묶여있던 사슬을 끊고 싶기도 해. 골프하고 참 비슷한 것이 너하고 나하고의 관계였어. 연구나 연습이나 실전이 부족한 구력만으로는 관리가 안 되잖아."

아파트 놀이터의 그네에 앉아서, 목련도 졌고 개나리도 졌고 진달래도 졌고 곧 철쭉도 지리라는 생각을 하며 흔들거리고 있는데, 전화 속에서 그의 목소리가 우울하게 들려오고 있었다.

농구도 좋아하세요?

작년까지 이메일을 교환하던 펜프랜드가 있었다. 그는 인터넷 웹싸이트에 올라 있는 내 글을 읽고 소감을 보내주기도 하고, 글의 소재가 될만한 정보를 물어다 주기도 했다.

"미국에서 라운드를 했는데요. 카트의 운전대 옆에 모니터가 달려있었어요. 모니터에 그늘집의 식사 메뉴가 뜨는 겁니다. 재미있지 않아요?"

미국 출장 중에 짬을 내서 라운드를 했다는 자랑을 하려고 그가 보낸 메일에 적힌 정보였다.

지난 오월에 미국 엘에이(LA)엘 갔었다.

내일이면 엘에이를 떠나야 하는, 미국에서의 마지막 날이었다. 선배 남편의 친구가 침을 튀기며 칭찬했다는 골프장이 예약되어 있었다.

누구라도 엘에이의 삭막하고 황폐한 돌산들을 알고 있을 것이다. 골프장은 그런 돌산 중턱에 있었다.

"광부인줄 아나…… 골프채 대신에 곡괭이를 들고 들어가야 할 것 같은데……."

골프장 진입로로 들어가면서, 나는 산사태가 난 것처럼 반쯤 허물어진 산중턱을 감아 도는 골프코스를 보고 투덜거렸다.

클럽하우스 앞에 차를 정차시켰다. 잡역부인 듯한 벽 안의 사내가 나와서 채가방을 카트에 실어준다. 카트에는 얼음이 담긴 아이스박스, 채를 닦을 수 있는 브러시, 공을 씻는 비눗물통, 십여 개의 티, 양파자루같은 그물망에 담긴 삼십여 개 정도의 연습공이 실려 있었다. 연습공을 주는 것은 라운드 전에 연습장에서 몸을 풀라는 배려인 것 같았다.

그리고, 앗, 모니터가 달려있는 것이 아닌가.

"캬캬캬, 바로 이것이었어. 언니, 여기 그린피가 몇 불이야? 고급 프라이빗이야?"

나는 내가 펜프랜드에게서 들은 이야기를 선배에게 들려주며 두서없이 물었다. 나는 펜프랜드에게 몇 가지 묻고 싶은 것이 있었는데 그걸 묻지 못하고 절교를 당했다. 그늘집 메뉴가 영어로 나

타나더냐, 나 같은 영어의 문맹자를 위하여 자장면이나 햄버거나 생선초밥 등의 아이콘으로 나타나더냐, 등을 묻고 싶었다. 그러나 이젠 가버린 펜프랜드가 알려주지 않아도 알 수 있게 되지 않았는가.

"여기가 니가 미국에 와서 거쳐온 골프장 중에서는 제일 비싸. 육십오 불…… 주말에는 백오 불까지 한데. 나도 이 골프장은 처음이야. 하지만 미국 골프장들은 거의 그늘집이 없어. 모니터는 다른 용도로 달아놓았을 거야."

선배의 설명에 실망까지 할 필요는 없었다.

출발점에서 카트를 발진시키자 모니터에 그림이 나타난다. 햄버거인가, 콜라인가. 아니었다. 모니터는 내비게이터였다. 액정화면에는 페어웨이의 지도가 그려졌고, 공이 안착한 지점에 카트를 정지시키면 그린 중앙까지의 거리가 정확한 숫자로 화면 아랫부분에 떴다. 더욱이 모니터는 그린의 모양과 넓이와 길이와 깃대가 꽂혀있는 위치까지 자세하게 알려주었다.

"93야드라…… 그린의 앞뒤 길이가 40야드이고, 뒷편이고, 그러니까 10야드 더해서 100야드……."

나는 8번 아이언*을 휘둘렀다. 공이 핀에 착 붙었다. 유능한 캐디역을 톡톡히 해내는 내비게이터 덕분에 아웃코스에서 40타를 쳤다. 40은 나의 9홀 베스트스코어이다. 이렇게 바람이 부는 날, 처음 답사하는 골프장에서, 빌린 채로 베스트스코어라니…… 나는 내비게이터에게 큰절이라도 하고 싶은 심정이었다.

아참, 그리고 보니 그늘집은 역시 없었다. 목이 마르거나 배가 고프지 않느냐는 약 올리는 영어 문장이 우측 하단에서 나와 좌측으로 재빠르게 사라진 다음, 여러분의 목마름과 배고픔을 해결해 줄 직원을 곧 만나게 될 것이라고, 모니터가 안내를 했다. 그리고 잠시 후에 우리는 모니터의 예언처럼 간식거리와 음료수를 실은 카트를 만나고는 했다. 아무도 벙커*에 공을 빠뜨리지도 않았고 잔디를 떠내지도 않았는데도 불구하고 벙커나 디봇*을 정리해줘서 대단히 고맙다는, 클럽하우스의 전언이 화면을 가로질러 가기도 했다.

화면이 빨리 바뀌는 것에 대해 내가 불만을 나타내서는 안 될 것이다. 화면에 자막이 서렸다 사라지는 간격은 적어도 미국인이 의무교육을 받은 수준이면 두 번은 되풀이 읽고도 남을 시간이었을 것이다. 그러나 나는 돋보기를 쓰던지 졸보기 안경을 벗어야만 신문을 볼 수 있는 시력을 가지고 있으므로, 한글도 아닌 영어가 군대식으로 달리기를 하는 글자 행렬은 반만 잡을 수 있었다.

14번 홀에서였다. 티샷의 공이 떨어진 지점에 카트를 세우고 모니터를 보았다. 80Yards, To center of the green…… 내가 막 10번 아이언을 꺼내는데 화면이 바뀌었다. 화면에는 Lakers 88, Kings 85, 어쩌고 저쩌고였다. laker는 88이라니…… lake는 못이라는 뜻인데…… 정말 그린의 코앞에는 갈대가 무성하게 자라고 오리가 헤엄치는 못이 있었다. 깃대는 그린의 중앙에 꽂혀있었다.

아항, 물귀신을 레이커라고 하나보다. 물에 공을 잘 빠뜨리는 사람은 한 클럽쯤 큰 채를 선택하라는 클럽하우스의 친절한 조언인가보다. 나는 나의 똑똑함에 스스로 대견해하면서 9번 아이언을 쥐었다.

자신 있게 휘두른 아이언은 잔디를 듬뿍 떠내며 상쾌하게 공을 맞추었고, 공은 유연한 포물선을 그리며 비상했다가 낙하했다. 그런데 이상하게도 공은 그린을 훌쩍 뛰어넘어 잡풀더미에 박혔다.

나는 야멸차게 클럽 헤드를 감고 놓아주지 않는 차진 잡풀 때문에 2타를 버렸다. 더블보기를 한 것이다.

　다음 홀에서의 더 이해할 수 없는 사건이 일어났다. 그린까지 오르막 비탈이 심했다. 모니터는 참으로 알쏭달쏭한 메시지를 보내고 있었다. 그린까지 남은 거리는 90야드, Lakers는 108, Kings는 102라고 또렷하고도 확실한 메시지가 뜨고 있었다. 나는 laker가 물귀신이면, king은 산신령쯤으로 생각했다. 그래서, 보이지 않는 그린을 향해 산 날개를 넘기는 샷을 날렸는데 얼토당토않게 길어서 그린 뒤의 벙커에 빠졌다.

　"언니, 내비게이터 고장아냐? 지난 홀에서는 그린까지의 거리가 80인데, 레이커는 88이라고 했거덩. 물만 만나면 공을 빠뜨리는 사람을 레이커라고 하는거 아냐? 그리고 킹은 산만 보면 산신령에게 공 고사지내는 골퍼를 말하는 거 아닌가……."

　내 생각에 확신이 없어서 어물어물 물었다.

　"김 작가, 지금 미국은 농구경기 때문에 온 나라가 뒤집어져 있어요. 오늘 서부 결승, 엘에이 레이커즈(LA Lakers)하고, 새크라멘토 킹즈(Sacramento Kings)하고 농구하는 거 중계하는 거라구요. 보스턴 셀틱스니, 뉴저지 네츠니……. 이런 농구팀 이름을 들은 적도 없어요?"

　선배의 남편이 한심하다는 듯이 혀를 끌끌찼다.

　"머라고라고라? 지금 이 모니터가…… 골프장에서 농구 중계하고 있었다고라?"

나는 깜짝 놀라서 소리쳤다.

별일도 다 있다. 내비게이터가 캐디 몫을 한다고 좋아했다가 내비게이터 때문에 골프를 망친 것이다. 사실, 나는 골프이외에는 관심이 있는 스포츠가 없다. 그 중에서도 농구는 더욱 모른다. 농구에도 조금만 관심을 가졌더라면, 아니 모니터에 뜬 메시지들이 무슨 뜻인지 묻기라도 했더라면, 나는 대망의 싱글타수를 기록했을지도 모르는데…… 아쉽고 원통하다.

돈 좀 주세요

"돈 좀 주세요."

내가 세상에서 제일 많이 듣고, 가장 많이 하는 말이다.

아침에 일어나면 딸아이가 콧소리를 섞어서 애교를 피운다.

"엄마앙…… 나 용돈 좀…….."

잠시 후에는 눈을 비비면서 나타난 아들이 친구 생일이라면서 손바닥을 내민다.

내 하루는 지갑을 채우거나 비우는 것으로 시작된다.

나는 아이들에게 겨우 교통비나 됨직한 용돈을 준다. 그 외에 필요한 돈은 일일이 타가도록 한다. 내가 아이들에게 그런 방식으로 용돈을 지급하는 이유는 엄마로서의 영향력을 과시하고 권위를 세우기 위함이다. 물론 아이들과 한 마디라도 이야기를 더 나누고, 아이들이 어디서 무슨 짓을 하고 다니는지 탐색하려는 부모로서의 노파심도 포함된다.

나도 남편에게 생활비와 용돈을 그런 식으로 탄다.

골프라운드가 있기 전날이면 지갑 속에 들어있던 돈을 만 원짜리 한두 장 남겨놓고는 모두 숨긴다. 그런 헐렁한 지갑을 남편 앞에서 뒤집어 털면서 라운드 비용을 달라고 한다. 남편은 내가 아이들에게 하듯이 그린피와 캐디피와 식사비용을 까락까락 계산해서 준다.

내기를 할 것 같은 날이면 잔머리를 굴려야 한다.

"따서 돌려줄 테니까 조금 더 줘 봐요."

나는 코맹맹이 소리로 애교를 부린다.

"그 실력에 무슨 수로 딸 거야. 남의 돈 먹으려면 연습으로 기량을 향상시켜야지. 그리고 밑천이 딸려야 신중하게 퍼트도 쪼고……."

남편은 내게 돈 냄새만 맡게 해주고 지갑을 닫아버린다. 사실 나는 남편이 어디에다 비상금을 감춰놓고 혼자만 쓰는지 알고 있다. 남편이 안보는 틈을 타서 훔칠 수도 있다. 그러나 비상금이 도둑맞은 줄은 아는 순간부터 남편은 비상금을 숨길 새로운 장소를 찾으려고 비상하게 두뇌 회전을 시킬 것이고, 나는 그것을 찾아내기 위해 흰머리가 솟을 것이다. 남편은 비상금이 사라지는 것보다도 내가 호호백발 할머니가 되는 것을 더 싫어한다. 현명하고 지혜로운 나는 머리가 허옇게 셀 짓은 안 한다.

"기량이야 너무 향상되어서 탈이지. 알까기, 발로 차기, 동전치기…… 그러니까 금쪽같은 당신의 돈을 자손만대 길이 보전하기 위하여 꼼수를 부리란 말이지?"

"이 마누라, 내가 골프 십 년에 야바위만 늘었구만. 알을 까는 거야 오비나 분실구 벌타를 안 먹으려고 숲 속에서 바지자락 밑으로 공을 슬쩍 흘려보내는 것이고, 발차기는 공을 발로 건드려서 치기 좋은 곳으로 옮기는 것인 줄 알겠는데, 동전치기는 무슨 속임수야?"

"그린에서 공을 줍기 전에 동전으로 마크를 하잖아. 마크를 하는 척하면서 동전을 엄지로 튕겨서 홀에 가까운 쪽으로 날아가게 하는 방법이지. 피나게 연습해서 절묘한 테크닉을 갖추면 아무도 눈치 채지 못하게 동전을 두 뼘쯤은 홀에 접근시킬 수가 있다구."

"당신이 그런 파렴치한 행동을 한다고 해도, 내가 모르면 상관없겠지만, 알게 된 마당에는 자금조달을 맡은 공범이 되잖아. 게다가 당신은 공범한테 삥땅까지 치고……."

"부창부수에 부부는 일심동체인데…… 모른 척하고 뒷돈만 대."

"그렇게 야로를 부리면, 사람이란 죄의식이 생겨서 심리가 안정이 안 되지. 그러면 공이 더 안 맞고."

"이실직고하건데, 내가 당신에게 뻥땅은 쳤어. 그렇지만 내기 골프하면서 한 번도 꼼수를 쓴 적은 없어. 그런 꼼수의 유혹에 마음이 흔들린 적은 많았지만."

"그럼 난 뭐야. 따면 당신이 뻥땅을 쳐서 회수가 안 되고, 잃으면 잃어서 회수가 안 되고."

"친필로 각서도 쓰고, 도장 찍고, 사인하고, 인감증명서 첨부할게. 자 들어봐. 나는 남편이 뼈 빠지게 일해서 벌어다 준 돈으로 내기 골프를 하였을 시에, 일당을 제한 이익금은 정확하게 반씩 나누고, 손실이 있었을 경우에는 살신성인의 마음가짐으로 손실에 상당하는 만큼의 봉사활동을 할 것을 맹세함. 추신, 왕창 잃으면 소박맞아도 절대 찍소리 안 하기로 맹세함. 참, 여기서 봉사란 깜짝 누드 엽기 쇼를 해준다는 말이야."

나는 시뻘건 지장이 찍힌 각서를 남편 코앞에 대령한다.

"또 속아? 당신이 써놓은 각서를 태운다면 라면 두 그릇은 충분히 끓이겠다."

내 남자는 투덜거리면서도 비상금 전대를 푼다.

51

능지처참할 죄

    어느 여배우가 자신의 매니지먼트 회사에 계약파기 선언을 했고, 여배우는 회사로부터 계약불이행으로 고소를 당했다. 계약파기의 이유는 매니지먼트 회사가 계약서의 내용대로 충실히 이행하지 않았다는 것이다. 대금을 치르지 않았다는 사실이나, 연속극에 출연시켜주겠다는 약속을 어겼다는 확실한 증거를 제시하지 않는 한, 원고가 승소할 것이라고, 매니지먼트 회사 측의 변호인이 텔레비전에 나와서 큰소리를 쳤다. 천엽 속 같은 연예계 속사정이야 내가 알 바 아니다.

    '부작위에 의한 범죄'라는 법률 용어가 있다. 부작위란 마땅히

해야 하는 행위를 일부러 하지 않는 것을 뜻한다. 일테면, 적극 지원해준다고 계약서에 명시하고서는 소극적으로 지원하는 척만 한 행위나, 아기를 낳은 엄마가 아기에게 의당 젖을 주어야 함에도 불구하고 아기를 굶기는 행위들이다.

골프라는 운동은 마라톤과 마찬가지로 자신이 할 일만 다 하면, 시비를 걸 사람이 없다. 다만, 더불어 하는 경기이기 때문에 에티켓과 매너를 지켜야 한다. 티잉그라운드에서는 순서를 지켜야 하고, 그린에서 다른 경기자의 공과 홀 사이의 길을 밟아서도 안 되고, 다른 경기자가 샷을 할 때에는 정숙하게 침묵을 지켜야 한다. 한 마디로 동반자의 경기를 방해해서는 안 된다는 말이다.

수경이는 상도 씨와 같이 골프라운드를 할 때면 언제나 내게 푸념을 한다.

"왜 날더러 상도 씨를 꼬셨다고 하니? 난 상도 씨한테 아무 짓도 안했어. 묵묵히 공만 쳤어."

그런 말을 하는 그녀의 음색은 사근사근 나긋나긋하다. 입가에서는 미소가 떠나지 않는다.

"내가보니까 상도 씨에게 노리끼리한 눈웃음도 치던데."

"햇빛이 강렬해서 눈을 찡그렸는데, 그게 눈웃음으로 보였나보네……"

눈이 부셔서 눈을 찡그리는 모양이 눈웃음을 치는 것으로 보이는 수도 있을 것이다.

"샐쭉샐쭉 웃으면서 꼬리를 흔들었잖아."

"상도 씨가 배꼽 잡을 우스운 이야기를 해서 다 같이 웃었지, 나 혼자만 웃었니?"

입가에 보조개까지 만드는 꼬락서니는 누가 봐도 교태다.

"그린피도 상도 씨가 내 줬지?"

"난 내달라고 안했어. 그냥 가만있었어. 저 혼자 눈을 찡긋하더니 카드를 긁더라."

내숭도 이 정도면 꼬리 아홉 개 달린 구미호하고 맞먹는 것 같다.

"그게 다 너를 꼬셔보려는 수작인줄 모르니? 내리막 한 발도 넘는 퍼트를 오케이를 주어서 돈도 잃어주고."

"내기도 상도 씨가 하자고 했고, 핸디도 상도 씨가 알아서 줬고, 난 아무소리 안했는데 그린에서 내 공을 집으면서 컨시드*를 줬어."

"그렇게 큰 컨시드를 받고도, 왜 비슷한 조건에서 상도 씨에게 오케이라고 영어 한 마디도 안 해주니?"

"그야 남자에게서 구멍에 넣는 재미를 뺏으면 안 되니까."

그녀는 새빨간 혀를 내게 낼름 내민다.

"그럼, 너는 멀리건 받았으면서, 장거리 운전기사 노릇한 사람한테 멀리건 주는 예의는 없니?"

"상도 씨가 달라고도 안하고, 니들도 가만있는데, 내가 나서서

선심 쓰면 다른 동반자한테 혼나잖아."

할 말 없게 만드는 진짜 여우다.

"거기까지는 그렇다 치고, 상도 씨가 너한테 뭔가 달라고 한 것 같던데……."

"난 가진 것이 없어서 줄 것이 없다고 했어. 줄 것 없어 못 준 내가 죄 지은거니?"

가진 것도 없고 줄 것도 없다는 말을 내가 믿어야 한다는 말인가.

"절에도 열심히 다니면서, 넌 보시라는 것도 모르니? 보살의 실천 덕목인 육바라밀(六波羅蜜) 가운데 제일의 덕목이 보시(布施)이고, 보시는 중생을 교화할 때의 행동양식의 하나로 권장되고 있다잖아. 너 말야, 불공도 드리고 불사(佛事)에 재시(財施)도 하면서, 극락왕생의 지름길이라는 육보시(肉布施)는 왜 안 하니? 있는 줄 알고 달라는데도 무슨 말인지 못 알아들은 척하고 시침을 뗀 죄, 이것이 바로 부작위에 의한 범죄야. 바로 능지처참할 죄라구."

나는 드디어 참지 못하고 소리를 질러버렸다.

여성 골퍼, 남성 화장실을 점령하다

대학교 일학년 때였던 것 같다. 같은 동아리의 남학생들이 나이트클럽엘 가자고 했다. 나는 그때까지 나이트클럽엘 가본 적이 없어서 미적대고 망설였더니, 남학생 하나가 척 나서며 그저 자기네들을 따라오기만 하면 된다고 했다. 나는 무슨 커다란 나쁜 짓이라도 하러 가는 양으로 고개를 푹 숙이고 남학생의 구두 뒤축만 쫓아갔다. 그의 구두는 계단을 오르고 양탄자가 깔린 복도를 지나더니 대리석이 깔린 바닥에서 정지했다. 드디어 목적지에 도달했나보다고 생각하고 고개를 들었다. 끼약, 나는 비명을 지르고 오던 길로 냅다 뛰었다. 남성 화장실이었던 것이다.

이런 민망한 실수를 저지르지 않는다면, 아마 여자가 남성 화장실에 들어갈 일은 거의 없을 것이다. 그렇지만, 나는 며칠 전에 남성 화장실에 당당하게 들어갔고 볼일까지 보고나왔다.

친구를 따라 골프장엘 갔다. 프런트 데스크에서 옷장의 열쇠를 받은 친구를 따라 탈의실로 들어갔다. 앞장서서 걷던 친구가 멈춘 곳은 탈의실 입구에 위치한 화장실이었는데, 그곳에는 희한하게도 남성용 소변기가 도열해있었다.

"얘, 요즘 여성 골퍼는 이런데다 오줌 누니? 아니면 너 혹시 트랜스젠더?"

나는 비명을 지르며 호들갑을 떠는 대신 물끄러미 남성용 소변기를 바라보며 물었다.

"오늘은 여자들만 입장하는 '여성의 날(Lady's day)'이야. 아마도 여자들이 평소의 배는 몰려왔을 거야. 당연히 남성 탈의실도 여자가 차지해야지."

친구가 웃음을 참으며 나의 촌스러움을 나무랐다.

GOLF라는 단어의 발음은 사전에 나온 대로라면 걸프(Gulf) 또는 갈프(Galf)이다. GOLF의 어원은 '여성불가' 라는 뜻인 Girls off (걸스 오프) 의 준말이라는 설도 있다. 그리고 초창기의 골프장은 '이브가 없는 천국'이었음을 골퍼라면 누구나 알 것이다.

1896년에 영국의 인기 여성작가 에드워드 캐너드가 골프광을 남편으로 둔 아내의 고독과 비애를 그린 '어느 골퍼 아내의 비애'라는 제목의 소설이 베스트셀러가 되면서 '골프과부'라는 단어도 생겨났다고 한다.

그만큼 골프라는 운동은 여성을 냉대해왔다. 아직도 골프코스뿐만 아니라 클럽하우스마저도 여성의 출입을 금지하는 골프장도 있고, 여성이라는 이유만으로 입회를 제한하는 골프장도 있다.

페어웨이도 그린도 클럽하우스뿐만 아니라 남성용 목욕탕까지 다 점령해버린 여성 골퍼들을 보고 있노라니, 전세계의 모든 골프장이 일 년 중의 어느 하루를 여성만 입장하는 날로 정한다면, 그날은 남성들이 집에서 아이를 돌보고 가사를 책임져야하는 '골프홀아비의 날'이 될 것이라는 생각이 든다.

이래도 욕, 저래도 욕

'100을 치는 골퍼는 골프를 소홀히 하며, 90을 치는 골퍼는 가정을 소홀히 하며, 80을 치는 골퍼는 일을 소홀히 하며, 70을 치는 골퍼는 골프이외의 모든 것을 소홀히 한다.'

골퍼라면 누구나 한번쯤은 들어본 속언일 것이다.

골프 구력 십오 년차, 나의 골프 인생 십오 년을 반성한다.

내가 머 골프라는 것을 어떻게 알았겠는가.

십수 년 전, 남편은 주말이면 해 뜨기 전에 나갔다가 해 진 뒤에 들어왔다. 나를 '골프과부'로 만들어버린 것이다. 참다못한 나는 남편에게 따졌다. 남편은 나에게, 골프를 같이 하든지 싫으면 자기만이라도 풀밭에 방목을 시켜달라고 했다. 나는 내 서방 남의 서방 할 것 없이 다 빼앗아가는 골프에게 내 서방만이라도 돌려받기 위해서 도전장을 냈다.

초보시절, 지독하게 욕만 먹었다. 옷이라도 한 벌 사 입고 골프장에 나가면, '공은 더럽게 못 치면서 옷만 빼입는다.' 공대가리를 까서 발 앞에 공이 굴러 떨어지면, '발로 차도 그보다는 더 가겠다.' 공을 풀숲으로 박아 넣으면, '음침한 성격답게 너른 풀밭 놓아두고 으슥한 곳만 찾아다닌다.' 워터해저드에 수장시키면, '가정주부가 계란 한 줄 값인 공을 물 속에 집어넣고도 아까운 줄도 모른다.' 늑장 플레이 안하려고 페어웨이를 달리면 '품위 없게 골프장에서 촐싹댄다.' 이 벙커 저 벙커 냉탕 온탕 들어갔다 나오면, '연습 안하고 잘하려는 도둑 심보는 버려라.' 등등, 나는 골프장의 천덕꾸러기였다.

골프 정복을 위해 동서남북에 있는 골프장을 시간을 안 가리고 찾아다닐 때는 더 욕을 먹었다.

여명도 안 가신 추운 겨울 새벽에 보따리를 싸서 달려 나가면, '공부를 그렇게 했어봐라. 노벨상을 받았겠다.' 동호회 월례회에서 니어핀상으로 쌀 한 포대라도 받아오면, '그린피가 쌀 한 가마니인데 태산만큼 쏟아 붓고 수입은 겨우 한 봉지냐', 비 오는 날 골프라운드를 하면, '감기 걸려 고생 좀 하든지 아예 벼락 맞아 뒈지라.'는 악담들이 쏟아졌다.

페어웨이에서는 공이 제법 날고, 그린에서는 공이 제법 구멍으로 굴러 떨어진다 싶을 때는 더 욕을 먹었다. '초보들 돈 따먹는 사악한 선배'라는 비난의 화살을 맞아서 얼굴에 곰보자국이 생겼다. 퍼트가 짧으면 짧다고 길면 길다고 옆에서 빈정대던 친구들도 '쟤 구멍에 넣는 솜씨 좀 봐라. 밤낮으로 얼마나 저 짓만 연습했으면 저 경지에 달하겠니?' 이러면서 무지무지하게 아까운 듯이 세종대왕님을 건네주었다.

그렇지만, 내가 얻어먹은 욕 중에서 제일 기분 좋은 욕이 있다.

실컷 골프만 하고 다녔는데도 아들은 일류 대학에 입학시킨 여자에게 부러움과 시기를 섞어 날리는 욕이다.

얄미운 년…….

싱글이 되고 싶어

한국의 골프장은 대부분 산에 있다. 산에는 신령님이 사신다.

산에 있는 골프장에 사는 신령님은 무엇을 하며 소일을 하실까. 워터해저드 안에서 인어공주와 노닐다가, 골퍼가 공을 물에 빠뜨리면 물 위로 짠, 올라와서, 어떤 녀석이 내 작업을 방해하는고, 이러실까. 아니면, 금공이 니 공이냐 은공이 니 공이냐 너는 정직하니까 모두 다 가져라, 이러실까.

신령님은 골퍼의 소원을 들어주기 위해 항시 대기하고 계신다고 한다.

"공이 똑바로 멀리 날아가게 해주세요."

내가 티잉그라운드에 서서 신령님께 기도를 드렸다. 그리고 쏘았다. 신령님은 공사가 다망하신 중에도 내 소원을 풀어주셨다. 공은 똑바로 멀리 날아갔다. 그런데 오비가 났다.

"얘, 슬라이스 홀이라고 캐디 언니가 알려줬잖아. 니가 계곡 쪽으로 정렬을 했어."

문제는 내가 방향을 잘못 잡았던 것이다.

"골프장에 사시는 영명하신 신령님, 저게 버디(birdie)*를 주옵소서."

2미터 가량의 버디퍼트를 남겨놓고 남희가 그린에 엎드려 큰절을 했다. 희한한 일이 일어났다. 세상의 새란 새는 모두 남희에게 날아오는 것처럼, 강남으로 가려던 제비도, 논에서 벼이삭을 쪼던 참새도, 둥지를 짓느라 나무둥치를 쪼던 딱따구리도 날아왔다.

"남희야. 기도란 말야. 자기 혼자만 잘되겠다고 빌어서는 안 돼. 과욕을 부리지 말라는 경고 메시지를 보내신 거야."

어깨에 얹혀있는 새의 배설물을 닦아주며 내가 남희를 타일렀다. 남희는 깊이 반성하고 다시 기도를 드렸다.

"다음 홀은 우리 모두에게 파(Par)*를 주옵소서."

남희의 기도는 적중했다. 정말로 다음 홀에서 우리 모두는 파를 얻었다. 골프장 옆은 파밭이었는데, 파를 캐던 아줌마들이 집에 가서 먹어보고 자기 동네 파를 선전 좀 해달라고 우리에게 파 한 단씩을 주는 것이었다.

"내가 어리석었어. 매 홀마다 버디니 파니 하니까 신령님이 귀찮았던 거야. 난 그냥 싱글타수 한 번 쳐보는 게 소원인데…… 신령님, 전 싱글이 되고 싶어요."

내가 말릴 새도 없이 남희는 하늘을 향해 큰소리로 외쳤다. 남희는 골퍼들이 항용 '싱글핸디캡 골퍼'를 '싱글'이라고 줄여서 쓰기는 하지만, 미혼이거나 과부나 홀아비를 일컫는 말인 줄은 모르는 것일까. 신령님이 버디(birdie)는 날아다니는 새로, 파(par)는 먹는 파로 해석을 했듯이, 남희를 과부로 만드는 것은 아닐까.

그래서 나는 티잉그라운드에 서면, 심사숙고하여 어휘를 선택한 뒤 기도를 한다.

"존경하고 친애하는 신령님께 간절히 비나이다. 제가 티샷하는 골프공이 북북서 방향으로 250미터만 날아가서 홈집 없는 잔디 위에 사뿐히 앉게 해주세요."

미니스커트와 배꼽티

　내가 대학교 다니던 시절에는 미니스커트를 입었다는 이유만으로 경찰관이 잡아갔다. 나도 동네 파출소에 붙잡혀 들어간 적이 있는데, 다시는 허벅지를 드러내놓고 활보를 하지 않겠다는 각서를 쓰고 풀려났다. 나는 그런 모욕을 당하고도 경찰관에게 잡혀가지 않을 정도로 스커트 길이를 조절하기는 했지만 계속 미니스커트를 즐겨 입었다.

　나에게는 바지보다는 스커트가 잘 어울린다. 다리가 짧기는 해도 곧고 매끈하게 뻗었다고 들 한다. 가족들도 내게 스커트만 입으라고 하는 양을 보면, 긴바지를 입은 모습이 눈뜨고 못 볼 정도

라면, 스커트를 입은 모습은 한 눈을 뜨고는 봐주겠다는 뜻이겠다.

아마추어 골퍼는 프로 골퍼와는 달리 의상에 제약이 따른다. 상의에는 깃과 소매가 달려있어야 하며, 반드시 허리띠를 단정하게 매야하며, 차양이 달린 모자를 써야한다. 블루진을 위시한 진 소재의 작업복과 상하의를 모두 흰색으로 통일한 골퍼는 골프장에 입장시키지 않는다. 그러나 여성 골퍼의 스커트나 바지 길이에 대한 제약은 없으므로, 나는 골프라운드를 하면서 짧은 바지나 미니스커트를 입고 예쁜 다리를 맘껏 뽐내왔다.

요즈음 여성 골퍼들 사이에서는 '안시현 룩'이 유행이다. 신문이나 텔레비전에서 안시현은 언제나 배꼽을 내놓고 미소 짓고 있다. 그녀가 입은 상의는 하의 안에 들어가지 않을 만큼 짧다. 상의를 하의 안에 집어넣고 얌전하게 허리띠를 두르는 정통 복고풍의 골프 의상에 저항하는 듯한 의상이다. 그녀의 배꼽은 그녀가 정물처럼 반듯하게 서 있을 때는 옷 안에 참하게 숨어있다. 그러다가 백스윙이나 팔로우를 할 때면 커튼을 들추고 살짝 윙크를 보낸다. 특히 팔을 높이 드는 피니쉬 자세를 취하면, 배꼽뿐만 아니라 옆구리 살까지 해바라기를 하러 나온다.

주책없게도 나는 안시현 룩을 입고 싶다. 안시현 룩을 입으면 안시현 만큼 골프를 잘할 수 있을 것 같기 때문이다. 아니 정직하게 속내를 밝히자면, 나도 유행을 쫓고 싶다.

그러나 슬프게도 나는 남에게 보여줘도 괜찮을 만큼 예쁜 배꼽을 가지고 있지 못하다. 임신 중에는 풍선처럼 부풀었다가 아이를 낳은 후로는 쭈그러져버린 주글주글한 뱃가죽을 소유하고 있다. 아이 둘을 난 아줌마 몸매, 그 이상도 이하도 아니다. 배에도 옆구리에도 지방이 두껍게 붙어 있다. 딸아이의 말을 빌리면, 엄마가 배꼽을 내놓으면 공해를 유발한 현행범으로 순사가 잡아갈 것이라고 한다.

　그래서 나는 순사한테 잡혀가더라도 안시현이가 입었던 꽃분홍색의 배꼽티를 (에라 모르겠다) 입어버릴까, 아니면 내가 못 입는 옷이니까 남들도 못 입도록 골퍼의 복장 규정에 배꼽티를 입은 여자는 골프장에 입장을 금지시키는 조항을 삽입하자는 운동을 벌일까, 갈등하고 있다.

그린과 침대

몇 년 전에, '침대는 가구가 아닙니다. 과학입니다.'라는 광고 문구를 들은 적이 있다. 세 살배기라도 이 문구가 논리에 맞지 않음을 알 것이다.

그런데 한술 더 뜨는 골퍼가 있다. 재형 씨는 침대가 과학이라고 믿을 뿐만 아니라 그린이 침대라고까지 생각하는 것 같다.

"우리 앞 조, 침대에서 기는 것 좀 보라구."

나는 재형 씨가 그렇게 말했을 때, 앞 조의 느린 진행에 재형 씨가 짜증을 내는 줄 알았다.

"큰 내기를 하나 보죠. 만 원짜리라고 해도 한 타 놓치면 삼만

원이 나가니까 전후좌우에서 신중하게 그린의 기울기를 읽는 거 겠죠."

"침대는 과학이야. 천이 거칠면 힘을 더 줘서 세게 밀어야 하고, 젖었을 때보다 말랐을 때가 더 잘 미끄러지고…… 과학적으로 답이 나오잖아. 멍청하게 침대에서 기기만 한다고 구멍이 공을 빨아들이나."

멍청하게도, 그린을 침대라고 여기는 재형 씨는, 베스트 스코어는 66타이고, 자신이 말하는 핸디캡은 3이다. 이글은 마흔 번이나 해봤지만, 아직까지 홀인원의 기록은 없다고 했다.

그린이 티잉그라운드보다 10미터는 높은 곳에 있는 파3홀에서였다. 그의 공이 깃대를 향해 한 치의 오차도 없이 날아갔다. 동반자 모두가 깃대와 공이 부딪치는 소리를 들었다. 그러나 깃대를 맞추고 컵 안으로 들어갔는지 다른 방향으로 튀었는지는 아직 알 수 없었다.

"만약에 홀인원*이면?"

내가 물었다.

"그린에 올라가서 빨가벗고 춤을 추지."

나는 재형 씨의 말을 듣고 잠시 혼란에 빠졌다. 정말 홀인원이면 그가 벌거벗고 춤을 출까. 그것은 불가능하다. 자신이 아무리 벗고 싶다고 하더라도, 그린 위에서는 옷을 벗을 수 없다. 만약에 옷을 벗는다면 당장에 퇴장을 당하고 앞으로 입장하는데도 제재를 받을 것이다.

그러나 프로골퍼협회(PGA)경기를 보면 우승한 선수가 물 속에 뛰어들기도 했고, 여성 프로골퍼들과 옷 벗기 내기에서 진, 페인 스튜어트가 바지를 벗고 기념촬영까지 했다는 기록도 있다. 그래도 그것은 어떤 복장을 하든지 제재를 받지 않는 프로골퍼의 경우이고, 경기가 끝난 후에 일어난 일이다.

그렇다면 재형 씨는 아무리 자신이 옷을 벗으려 해도 타인에 의해 제지를 당할 줄을 알기 때문에, 아니면 절대로 홀인원일 리가 없다고 생각하기 때문에 큰소리를 친 것일까.

나는 문득 그가 참으로 그린을 침대로 여기는 것은 아닐까, 하는 의문에 사로잡혔다.

그를 돌아보았다. 그는 그린을, 구멍을 노리고 기어 다니는 곳, 발가벗고 춤을 춰도 되는 곳으로 굳게 믿는 얼굴이었다. 그의 그런 표정을 읽자 불현듯 내 글의 애독자였다가, 펜팔 친구였다가 이제는 아예 연락마저 끊긴 남자가 내게 보냈던 편지 구절이 떠올랐다.

— 제 꿈은요, 불가능하겠지만, 비 오는 날 그린 위에서 사랑하는 사람과 사랑을 나누는 것입니다. 절 이상하게 보지는 말아주세요. 그냥 꿈이니까요. —

나는 보드라운 풀들이 융단처럼 깔린 그린을 바라보며 펜팔 친구의 꿈을 그려본다.

아마 재형 씨는 공감하리라. 자연 그대로의 침대에서, 자연 그대
로의 사랑을 나눠보고 싶은 꿈에.

박지은의 동물적 본능

대체로 미국에서 열리는 골프 대회의 실황 중계방송 시간은 한밤중에 시작해서 새벽에 끝난다. 나는 새벽에 남편의 아침식사를 준비하면서 귀로 중계방송을 듣는다. 극적인 상황이 전개 될 때는 일손을 멈추고 텔레비전을 지켜본다.

2004년 3월 29일 새벽, 나는 세상에서 가장 극적인 장면을 보았다.

미국 캘리포니아 팜스프링스에서 열리는 미국여자프로골프 (LPGA) 나비스코 대회의 마지막 라운드 마지막 홀이었다. 두 타차이로 박지은을 추격하던 송아리가 마지막 홀에서 이글* 퍼트를 성공시킴으로써 박지은은 생애에서 가장 어려운 버디 퍼트를 맞게 되었다. 지구를 반 바퀴나 돌아야 하는 먼 거리에서, 위성으로 중계하는 텔레비전 화면을 지켜보는 사람이 손에 땀이 나고 오줌을 지릴 지경인데 당사자는 어떤 기분일까.

나는 큰 교통사고를 낸 적이 있다. 왕복 2차선 국도에서 보르네오산 원목을 실은 12톤 트럭이 두 대나 내 차를 앞서가고 있었다. 워낙 무거운 짐을 실었음인지 트럭은 시속 40킬로미터 밖에 속력을 내지 못하고 있었다. 황색 점선의 중앙선을 만나자 마자 추월하기위해 왼쪽 차선으로 들어섰다. 바로 앞 트럭과 나란히 달릴 즈음, 앞쪽에서 버스가 나타났다. 운전대를 왼쪽으로 꺾으면 가로수에 부딪치거나 논두렁에 처박힌다. 아무 행동도 취하지 않는다면 정면충돌이다. 오른쪽으로 꺾으면 트럭에 튕겨져 나오든지 운이 좋으면 트럭과 트럭 사이로 들어갈 수 있다. 그래도 오른쪽이 확률적으로 가장 목숨을 구할 수 있는 방법이다. 나는 가속기를 힘차게 밟으면서 트럭과 트럭 사이로 파고들었다.

그 순간이었다. 머릿속으로 내가 살아온 모든 세월이 파노라마처럼 흘러가는 것이다. 내가 죽고 난 다음에 일어날 일도 전개되는 것이다. 아아, 사랑하는 내 아이들, 남편, 엄마, 아빠…… 나는 트럭의 바퀴를 내 차의 범퍼로 찢으며 트럭과 트럭 사이로 쑤셔박혔다. 트럭도 내 차도 많이 부서졌지만 나는 별로 다친데 없이 살았다.

지금도 그 순간을 뒤돌아보면 이해가 안 되는 점이 있다. 어쩌면 그토록 짧은 순간에 그렇게 많은 생각을 할 수 있었나 하는 점이다.

　박지은은 마지막 버디퍼트를 독하고 맵게도 성공시켰다. 이로써 박지은은 5년 만에 메이저 대회 정상에 올랐다. 장하고 자랑스럽다.

　"마지막 퍼트는 동물적 본능으로 했다."

　떨리지 않았느냐는 기자의 질문에 그녀는 상기된 목소리로 대답했다.

　그녀는 전통에 따라 못에 뛰어들어 마치 인어가 물 위로 솟아올라온 듯한 모습으로 두 손을 치켜들어 갤러리들에게 답례했다.

　나는 삶과 죽음의 갈림길에서, 과거의 행복했던 순간의 기쁨과 아직은 내 손길이 필요한 아이들을 포함한 사랑하는 사람들을 두고 가는 슬픔과 채 못 이루고 가는 내 일에 대한 미련…… 그밖에도 수없이 많은 감정의 소용돌이 속에서 허우적거렸다.

　그녀는 중계 카메라와 갤러리들이 지켜보는 가운데, 일생에 길이 남을 가장 힘든 퍼트를 하는 순간 어떤 감정에 휩싸였을까.

봄며느리

지역마다 봄꽃이 피는 시기가 다르다는 사실로 봄이 북상하는 속도를 계산했다. 제주도에서 개나리가 피면 보통 이십일 뒤에 서울에서 개화한다. 제주도에서 서울까지는 위도로 4도 차이니까 직선거리는 440킬로미터이다. 440을 20으로 나누면, 하루에 22킬로미터씩 봄이 북상한다는 계산이 나온다. 다시 계산기를 두드리면, 1시간 동안에 봄이 올라오는 거리는 900미터이고, 이것은 어린아이가 아장아장 걷는 속도와 비슷하다.

나는 제주도에 개나리가 폈다는 소식을 접하고 나서 서울에도 봄이 빨리 오기를 손꼽아 기다렸다. 드디어 서울에도 아아, 아름다운 봄…… 만물이 소생하고, 대지가 생명을 잉태하고, 처녀가 바람나고 싶다는 봄이 아장아장 걸어왔다.

내가 사는 여의도는 섬 전체를 빙 둘러서 벚나무들이 심어져있다. 지금 벚꽃이 만개해 있다. 비누거품 같은 흰 꽃 이파리들이 바람에 휘날린다. 멀리 꽃놀이를 가지 않아도 되니까 참 좋겠다고, 주위 사람들은 나를 부러워한다. 물론 아름다운 꽃 속에 묻혀 사는 나는 행복하다. 그렇지만 여의도는 봄꽃이 피는 계절이면 각지에서 몰려온 상춘객 때문에 몸살이 난다. 슈퍼마켓에 가거나 은행에 갈 때도 낯모르는 사람과 어깨를 부딪치며 걸어야 하고, 외출했다가 오후에 집으로 돌아올라치면 사거리마다 차들이 꼬여서 여의도에 진입하는 데만 한 시간이 넘게 걸린다. 짜증스럽다. 아니, 나는 더 아름다운 경치를 만나고 왔기 때문에 여의도의 꽃들이 시들하게 느껴지는 것인지도 모르겠다.

며칠 전, 골프장엘 갔다. 요염하게 피어있는 기화요초들이 이슬에 세수를 하고 나만을 기다린 것 같았다. 연애편지를 전하듯, 벚나무는 바람결에 하늘하늘 꽃 이파리를 띄워 보냈고, 개나리와 철쭉은 진한 향기를 뿜어내며 나만을 유혹했다. 목련은 기다리다가 지쳐버릴 즈음에 겨우 찾아온 님을 탓하듯 젖빛 꽃송이를 뚝뚝 떨어뜨리며 슬퍼하고 있었다. 목련의 슬픔을 누렇게 말라있는 잔디 사이로 쏘옥 돋은 새순이 달래주고 있었다.

그 숨막히는 봄의 향연을 작가인 내가 그럴듯하게 묘사할 수는 있다. 그러나 백문이 불여일견이다.

봄볕에는 며느리를 내놓고, 가을볕에는 딸을 내놓는다는 속담이 있다. 자외선이 강해서 피부를 상하게 하는 봄볕은 며느리에게 주고, 얼굴이 곱게 그을리는 가을볕은 이쁜 딸에게 준다는 뜻이리라. 죽사발은 딸에게 설거지를 맡기고 찰밥을 담았던 사발은 며느리더러 씻으라고 한다는 속담도 있다. 시어머니란 며느리가 미워지기를 바라고 힘든 일을 도맡아하기를 바라는 존재인가보다. 시어머니이기 전에 며느리이고, 며느리이기 전에 딸이었을 텐데도 말이다.

골프장은 매연과 먼지가 자외선을 걸러주는 도심하고는 다르다. 청량한 공기가 무자비하게 자외선을 통과시킨다. 나는 뽀얀 얼굴보다는 건강한 육체가 훨씬 탐난다. 그래서 봄에는 찰밥 사발 박박 문질러 씻어놓고 따가운 빛이 난만히 내려쬐는 골프장으로 달려가는 며느리가 될 것이다.

딤플, 보조개

여자가 웃을 때 볼에 오목하게 우물져 들어가는 자리를 가리켜 보조개 또는 볼우물 이라고 한다. 영어로는 딤플(dimple)이라고 한다.

보조개는 웃을 때 입아귀의 바깥쪽에 있는 근육들이 수축하여 구각을 뒤로 당겨서 그 부분의 피부가 오목하게 파이는 현상을 말한다. 대체로 피부 밑이 말랑말랑하고 지방이 두꺼운 여자나 어린 아이에게서 많이 볼 수 있다.

골프공의 표면에 보조개처럼 원형으로 옴폭옴폭 패인자국도 딤플이라고 한다.

그 곰보자국 같은 딤플이 공에 어떤 영향을 미치는 것일까.

딤플은 공의 공기와의 마찰을 줄여서 부양력을 늘려준다. 딤플이 있는 공을 역회전하도록 타격 하면 공의 윗부분의 공기 압력이 아랫부분 공기 압력보다 낮아져서 비행시간이 늘어난다.

물리학자와 화학자들은 탄성이 높은 재료를 찾고 또 공 표면을 어떻게 가공하면 비행거리를 늘릴 수 있을까 부단히 노력하여 왔다.

연구 결과, 표면의 반을 옴폭옴폭 파인 딤플로 덮고 위와 아래에 있는 딤플의 깊이를 가운데에 있는 딤플보다 더 깊게 하면, 공이 역회전할 뿐 아니라 좌우로 튀지 않고 똑바로 멀리 날아간다는 사실을 발견했다.

그러나 공의 비거리가 딤플의 수와 비례하는 것은 아니며, 각기 깊이가 다른 삼백 개 정도의 딤플을 과학적으로 배열했을 때, 탄성과 부양력이 최대치가 된다는 사실도 아울러 발견하였다.

딤플의 적절한 수와 깊이와 배열이 공의 탄성과 비행에 극대효과를 주며 골퍼에게는 경쾌한 임팩트를 느끼게 한다는 뜻이다.

속설인지는 몰라도, 보조개가 있는 여자가 탄성이 좋다고 한다. 일반적인 표현으로, 섹시하다고 한다. 여자들은 섹시해보이기 위하여 멀쩡한 얼굴을 칼로 째고 바늘로 꿰매고 이물질을 집어넣는 수술을 마다하지 않는다. 그래서 성형외과를 찾아가서 보조개를 만드는 여자도 있다.

한동안 세인들의 눈앞에서 사라졌던 여배우가 어느 날 갑자기 텔레비전에 모습을 드러냈다. 그녀의 볼에는 전에는 없었던 보조개가 파여 있었다. 요염하게 시청자를 향해 웃어대는, 피부가 말랑말랑하고 지방이 두꺼워 보이는 여배우를 보면서 나는 생각에 잠긴다.

물론 섹시하게 보이려고 볼에 보조개를 만들었을 것이다. 그녀는 골프공의 딤플이 그러하듯 우리 몸의 딤플도 붕 뜨는 느낌의 강도를 배가시키고, 그 느낌의 시간을 늘려주고, 좌우로 산만하게 튀려는 마음을 잡아준다고 믿는 것일까. 그래서 얼굴뿐만 아니라 온몸에 삼백 개쯤의 딤플을 만든 것은 아닐까.

나의 워스트스코어

  미국의 골프 잡지에서 골퍼들의 '워스트스코어(worst score)'를
공모했다.

  238타를 친 기록표를 제출한 골퍼가 우승을 했다. 그는 생애 첫
라운드 때를 제외하고는 적어도 120타 이상을 기록해 본적은 없
다고 밝힌 다음에, 호수 한가운데 우표딱지처럼 동그마니 떠있는
파3홀에서 서른세 개의 공을 물에 빠뜨렸다고 했다. 서른네 개째
의 공은 67타가 되는 것이니까 두 번의 퍼트로 마무리를 해서 69
타를 기록했고, 또, 항아리를 묻어놓은 것 같은 벙커에 빠진 공을
꺼내는데 삼십 분이 넘게 걸렸다고 했다. 공은 날아 들어가고 사

람은 계단으로 걸어 들어갔는데, 나올 때는 공도 한 칸 한 칸 계단으로 올라왔다고 했다.

며칠 전에 친구들과 라운드를 했는데, 내가 비슷한 꼴을 당했다. 여성티를 페어웨이 앞쪽으로 많이 뽑아놓아서, 여성에게 심심한 배려를 하는 듯이 보이는 골프장이었다. 나처럼 드라이버 샷의 거리가 평균이하인 여성 골퍼도 모든 파4홀에 두 번의 샷으로 그린에 공을 올릴 수 있을 만큼 페어웨이가 짧았다. 그린을 호위하듯 감싸고 있는 벙커와 그린의 앞쪽에 꽂힌 깃대가 압박을 주었지만 나는 과감하게 공격하기로 했다. 이상하게도 그린에 공이 떨어져도 산자락의 둔덕에 떨어져도 벙커의 아가리 속으로 공이 흘러드는 것이었다. 벙커는 너무 깊어서 안에서는 아무리 고개를 위로 치켜들어도 보이는 것은 동그란 하늘뿐이었다.

기록표에는 벙커에 빠진 홀마다 더블 파를 기록했다고 적었지만, 실제는 다르다. 정식 경기였거나, 두 시간 십 분 안에 아홉 홀을 끝내야하는 규정에 묶이지 않은 골프장이었다면, 그래서 해가 지고 달이 뜨더라도 벙커를 탈출할 때까지 열 번이건 백 번이건 샌드웨지를 휘둘러볼 수 있었더라면, 그리고 골프채를 휘두른 횟수를 손가락과 발가락을 다 꼽아가며 셈했다면 내 성적이 얼마나 되었을 지가 궁금하다. 누가 도와주지 않으면 타수를 올바르게 셀 수 있을지도 의문이다.

골프장마다 골퍼로 북적대고, 뒤 조에게 밀려서 쫓기듯이 라운드를 진행을 해야 하는 한국에서는 한 홀에서 너무 오래 지체를 할 수가 없으니까 누구라도 그런 경우를 만난다 하더라도 자신의 진정한 워스트스코어를 알 수가 없을 것이다.

라운드 소요시간의 제약도 없고, 오비말뚝도 없고, 항아리벙커가 수십 개 포진해있고, 홀마다 페어웨이 한가운데에 호수가 있는 골프장에서, 아무리 매를 맞아도 제자리로 굴러와 오뚝이처럼 앉아있는 공을 날리기 위해 하루종일 벙커 샷만 하고 있든지, 호수에 떠있는 그린에 공을 세워보려고 손에 물집이 생길 때까지 골프채를 휘둘러야만 할지라도, 내 진정한 '워스트스코어'에 도전해보고 싶다.

주머닛돈은 절대로 쌈짓돈이 아니다

우리 부부는 골프를 할 때 꼭 내기를 한다.

주머닛돈이 쌈짓돈일 텐데 무슨 내기냐고 빈정대는 사람도 있지만, 우리 부부가 비정한 도박의 세계까지 도달하게 된 데는 우여곡절이 있다.

서양에서도 남편에게 자동차 운전을 배우면 이혼한다고 한다. 남편에게 골프를 배우면 더 그렇다고 한다. 우리도 이혼의 위기까지 갔었다. 그 위기를 극복하게 된 전환점이 내기이다.

옥이 부부와 같이 골프를 할 때면 캐디가,

"저기 두 분 정말 부부 맞아요?"

하고 묻는 일이 왕왕 있다. 옥이의 남편은 티잉그라운드에 올라가서 티를 꽂고 공을 놓아준다. 공을 날릴 방향을 잡아 어깨와 발을 정열을 시켜 주고 내려와서는,

"치세요."

존댓말까지 써준다. 그는 아내를 따라다니며 클럽도 골라주고 디봇도 수리해주고 벙커정리도 해준다.

또 원이 부부는 옥이 부부와는 정반대이다. 원이가 티샷을 하고 공이 제대로 날아가는지 보려고 마무리 자세를 잡고 서 있으면,

"빨랑 내려오지 않고 뭐 해!"

원이 남편은 아내에게 면박을 준다.

내 남편은 딱 중간이다. 옥이 남편처럼 살갑게 굴지도 않고, 원이 남편처럼 뭇 사람들 앞에서 내게 면박을 주지도 않는다.

"쳐."

간단한 단어 하나로 절도 있게 명령한다. 그 때문인지 옥이의 골프 실력은 나보다 못하고 원이는 나보다 한수 위이다.

옛날엔 내 남편도 옥이의 남편처럼 자상하기 그지없었다.

골프장에 나가기 전날이면, 골프채를 닦아주고 티와 공과 포크와 마커 등등, 골프에 필요한 모든 것을 챙겨주었다.

"라운드하기 세 시간 전에는 잠자리에서 일어나야 해. 근육도 깨어나도록 말이야."

이러면서 아침잠이 많은 나를 깨워주었고,

"비에 장갑이 젖으면 그립이 미끄러지니까 장갑은 서너 개 준비해."

이러면서 비 오는 날에 대비하라고 장갑도 서너 켤레씩 사다주는가 하면,

"더운 날은 물만 먹지 말고 소금도 함께 먹어서 몸 속의 전해질 밸런스를 맞춰줘야 더위를 안 먹어."

다정하고도 다감하게 정제 소금도 가방에 넣어주었다.

"플레이를 하기 전에 공 번호를 확인하도록. 첫 홀은 몸이 안 풀렸으니 스푼*으로 티샷을 하는 게 요령이야. 드라이버 빈 스윙은 두 번 이상 하지 말고 피칭은 적어도 두 번 이상 하는 거 잊지 마."

이렇게 골프장에 도착해서는 더 칙살맞게 굴었다. 내 남편의 이런 친절을 보는 주위의 친구들은 나를 세상에서 제일 행복한 여자라고 추켜세우고는 했었다.

요즘은 우리 부부가 같이 골프를 할 때면 목숨 걸고 지키는 규칙이 있다.

서로 참견 말기이다. 이리로 치든지 저리로 치든지, 피칭웨지를 잡아야 할 거리에서 드라이버를 잡든지, 고개를 먼저 들든지 좌우로 춤을 추듯 흔들든지, 서로 참견하지 않고 엿장수 가위질하듯 친다.

언제부터인가, 아니 내가 대충 세 자리 숫자에서 두 자리 숫자를 넘나드는 타수를 치면서부터 일 것이다. 남편은 나에게 가르친 대

로 못한다고 지청구를 했다. 지청구 정도가 아니라 창피를 톡톡히
주었다.

"오르막 어프로치를 그렇게 짧게 하면 어떡해?"

편잔을 주기에 나는 다음 그린에서는 홈런을 날려버렸다.

"누가 그렇게 산꼭대기까지 날리랬어?"

"세게 치래믄요."

"아무리 그래도 그렇지, 아이큐가 의심스럽네."

"마음은 이팔청춘이어도 애 둘 낳고 껍데기만 남은 이 몸, 골다
공증으로 삐걱대다보니, 그게 마음대로 돼요?"

사소한 다툼은 다반사로 벌어졌고,

"벙커에선 공 일 센티 밑의 모래를 파라고 했잖아. 그렇게 일러
줬어도."

온탕 냉탕 헤매다가 간신히 그린으로 올라와 헐떡대는 내게 남
편은 혀를 끌끌 차며 야단을 쳤다.

"마음먹은 대로 쳐지면, 여기서 내가 당신한테 온갖 수모를 당
하고 있겠어? 프로로 입문했지."

"그래도 내 말 안 들으려고 일부러 그렇게 친 거지? 내가 앞으
로 당신하고 골프를 하면……."

성을 갈지, 이런 말을 하고 싶었겠지만 같이 사는 마당에 앞으로
한번도 골프를 안 할 수는 없으니까, 잇새를 삐지고 나오는 그 말
은 씹어 삼켰을 것이다.

"안되겠어. 돈 밝히는 당신은 내기를 해야 돈이 아까워서 신중하게 칠 것 같아."

우리 부부가 공을 치면서 내기를 하게된 동기는 이렇다. 피 튀기는 혈전의 시작이었다. 하지만 남편 몰래 피나게 연습을 하게된 동기이기도 하다. 그러나 알다시피 여자가 남자를, 더구나 하이핸디캐퍼가 로핸디캐퍼를 이길 수는 없다. 나는 아무리 잘 쳐도 남편이 실수를 연발해 줘야 간신히 본전을 하고는 했다.

그날은 비굴하게 애걸해서 핸디를 열타 받았다. 머릿속에서 스윙궤도를 그려보고, 공을 떨어뜨릴 방향도 가늠하고, 그린 주위를 빙빙 돌며 라이*를 읽고 또 읽었어도 나는 매 홀마다 졌다. 핸디로 받은 돈이 전반전에 다 나갔다.

"여보, 이 돈 내주면 오늘 저녁 생태찌개가 동태찌개로 변하는데, 그래도 좋아?"

어물어물 넘겨보려고 나는 온갖 애교를 동원했다.

"상관없어. 그 솜씨에 생태든 동태든 다 똑같지 뭐."

아아, 이 모욕, 내가 음식솜씨가 아무리 형편없다고 해도 이건 좀 심하다. 따져볼 틈도 없이 돈이 나갔다.

"여보, 이번엔 한우가 수입 쇠고기로 바뀌어도 괜찮아?"

"여지까지도 정육점에서 안 속았으면 당신한테 속았는데 뭘."

사실 남편에게 수입 쇠고기를 한우라고 속여서 먹인 적은 있었다. 하지만 오늘날까지 완전범죄라고 내심 쾌재를 부르고 있었는데 어떻게 알았는지 모르겠다.

좌우간 주머닛돈이 쌈짓돈이란 건 다 거짓말이다. 나는 남편의 사납게 흡뜬 눈이 무서워 부들부들 떨리는 손으로 돈을 바치고 말았다.

"그럼 이번엔 수입 쇠고기가 돼지고기로 바뀔 차례야. 한 번 봐주면 안 돼?"

"다음 홀에서 버디, 적어도 파라도 해서 만회할 생각은 안하고……."

애원을 했는데도 내 남편은 피도 눈물도 없는 냉혈한인지 직접 지갑을 열어 강탈해 갔다.

"이 돈 마저 당신이 빨아먹으면 앞으로 한 달간은 김치만 먹어야 한다구. 그러니까, 이젠 몸으로 때울게. 애들이 영양실조로 아프리카 난민처럼 되면 다 당신 책임이야. 좀 봐줘."

"어림없는 소리 마. 나이 마흔이 넘은 여자는 몸으로는 안 되는 거야. 고목나무에 물 주기인데 내가 몸값을 받아야지."

이런 대화가 부부간에 오가도 괜찮은 것인지 나는 잘 모르겠다.

"마지막 홀은 손님접대라는데, 지금은 당신이 나한테 접대하는 거고, 오늘 밤엔 내가 접대하면 되잖아. 정성을 다하여……."

마누라가 이렇게 애소를 하는데도 안 넘어가면 그건 한 이불 둘러쓰고 자는 남편이 아니다. 그러니까 내 남편은 여우같은 마누라의 꼬리 아홉 개 흔들기 작전에는 당연히 넘어간다.

"딱, 한 번만 받아주는 거야. 대신에 다음에 나올 때는 첫 홀부터 배판이야. 그리고 약속 지켜야 해. 오늘 밤 정성을 다한다는 말."

남편의 다짐을 귓전으로 들으며 나는 혀를 낼름 내밀었다.

신고식

나는 여고시절에 잠시 기숙사에 들어가 있었다.

이불보따리를 풀던, 첫날 저녁이었다. 환영회를 한다고 선배들이 나를 비롯한 신참들을 불렀다. 환영회를 한다는 방으로 내려가니 먼저 입사한 상급생, 동급생들이 방 가장자리에 빙 둘러 앉아 있었다. 방 가운데는 한 말들이 커다란 주전자와 대접, 새우깡 몇 봉지, 사과 몇 알이 놓여있었다. 환영회라는 이름에 걸맞지 않게 분위기가 썰렁했다. 우리 신참들이 주눅이 들어 어정쩡하게 서있으려니 왕선배가 우리더러 주전자 옆에 앉으라 했다.

"자, 기도 합시다."

환영회는 기도로부터 시작되었다. 성가도 부르고, 우리 주 예수 그리스도의 이름으로 기도하옵나이다, 아멘, 까지 했다.

이 즈음에서 경직된 분위기를 풀고 화기애애한 선후배의 상견례가 이루어 질 줄 알았다. 그러나 이상하게도 방 공기는 점점 더 무거워지고만 있었다.

"우리 고참들이 너희들에게 주려고 과자하고 성당 뒷산에서 약수를 길어 왔으니 많이 먹도록 해라."

실내는 바늘 하나만 떨어져도 들릴 만큼 조용한데, 기도를 주선한 선배가 냉면 그릇 같은 대접에 물을 가득 따라 주면서 명령했다. 선배들은 차례대로 대접을 채워서 신참들에게 건네었다. 도저히 빠져나갈 길은 없었다. 그릇을 비울 때마다 선배들은 후배를 치하했다. 자신들이 후배를 사랑하는 마음에서 힘들게 약수를 길어왔으므로 후배는 장기자랑으로 보답을 하라고 했다. 나는 앉아서 두 그릇, 서서 두 그릇, 화장실 다녀와서 두 그릇을 마셨다. 한 그릇을 비우고는 노래를 불렀고, 또 한 그릇을 비우고는 엉덩이로 이름을 썼고, 또 한 그릇을 비우고는 춤을 추었다고 기억한다.

환영회가 끝나자 선배들은 우리를 기도실로 안내했다. 잠자리까지 돌봐주며 기숙사에 들어온 첫날밤은 기도실에서 자라고 했다. 성모님이 굽어보시는 방이므로, 향수병을 앓는 신참을 성모님이 돌봐주실 것이라고 했다.

"이 기숙사는 한국전쟁 때 학살당한 사람들이 묻힌 곳이라고 들었다. 원혼들이 아직도 기숙사 근처에서 떠돌고 있다니, 화장실에 갈 때는 잊지 말고 성가를 불러야 한다. 성가 안 부르고 살금살금 내려오다 귀신한테 잡혀가도 우리는 모른다."

이런 겁나는 말도 덧붙였다.

기도실은 기숙사 맨 꼭대기 층에 있었다. 그리고 화장실은 맨 아래층에만 있었다.

우리 신참들은 목까지 차있는 물을 쏟아내느라 밤새도록 화장실을 들락거렸다. 귀신이 나올까 봐 무서워서 떨리는 목소리로 성가를 부르며 계단을 내려갔다. 우리가 부르는 성가가 도화선이 되어 이 방 저 방에서는 까르르 깍깍 숨넘어가는 웃음소리가 터져 나왔다.

입사 신고식이었다. 기숙사에 들어간 사람은 필히 거쳐야 하는 관문이었다. 그 의식은 비밀스럽게, 기숙사가 생긴 이래로 지속되어 왔던 것이다.

그런 신고식이 어디든 있다. 군대에도, 감방에도, 동아리에도, 술집에도 있다.

골프에도 신고식이 있다.

나는 내 친구들 중에서 비교적 골프를 일찍 배운 편이다. 그래서 친구의 머리 올리는 날도, 100타를 깨는 날도 우연찮게 동행하게 되었다.

대부분의 골퍼들이 기본기는 프로에게서 배운다. 그러나 룰이나 에티켓은 동반자들에게서 하나 둘씩 습득한다.

나는 고참이므로 후배들의 에티켓아너를 자청했다.

"골프장에는 로컬룰*이란 게 있어. 일테면 신호등보다 교통순경의 수신호가 우선하는 것처럼."

친절한 목소리로 자상하게 설명했다. 친구가 고개를 끄덕거린다. 내 말이 먹힌다는 신호이다.

"자, 첫 홀에서 누가 먼저 치느냐를, 옛날엔 여기 쇠막대기로 제비를 뽑아서 밤일낮장으로 정하기도 했었지. 하지만 여성 골퍼에게는 아무도 못 건드리는 로컬룰이 따로 있어. 예쁜 여자부터 치는 거야. 못 믿겠으면 저기 칠판에 적힌 거 보고와. 그러니까 선희야, 너부터 올라가."

이제 겨우 9홀짜리 퍼블릭 코스를 두 번 돌았을 뿐인 친구는 못 믿겠다는 듯이 멈칫거리며 그냥 서 있었다.

"그럼 돈 많은 사람 먼저 칠래, 아니면 살 많은 사람 먼저 칠래? 돈 많은 사람은 돈 자랑, 살 많은 사람은 살 자랑해봐."

나는 혼자서 차 따먹고 포 따먹고 양쪽 사까지 넘보면서 후배의 혼을 뺐다.

티 위에 놓인 공이나 페어웨이의 풀 위에 있는 공도 그린 위에서처럼 무조건 굴려주라고 배운 것인지, 아니면 아이스하키의 팩과 골프공을 구별 못하는 건지, 땅으로만 공을 밀고 가던 친구가 황소 뒷걸음질에 개구리 잡는 격으로 파3홀에서 버디를 했다.

"버디 축하한다. 근데 버디는 가만히 있으면 안 되는 거야. 캐디 언니, 빨리 드라이버 빼줘. 버디한 사람은 드라이버를 마이크 삼 아 버디송 부르는 거야. 맞지?"

"그럼요."

이런 순간 장단을 못 맞추는 캐디는 없다. 친구는 얼떨결에 '만 남'을 불렀다.

"이 연못 홀을 그냥 지나면 안 돼. 연못에 공을 빠뜨리지 않게 잉어한테 고수레 해야 해. 빨리 과자 사와."

친구는 잽싸게 뛰어가서 비스킷을 사왔다.

"골프에는 얼마나 많은 에티켓이 있는 줄 아니? 입장할 때는 정 장, 라운드할 때는 깃과 소매가 달린 셔츠를 입는 거야. 샷은 천천 히 해도 걸음은 빨리하고, 벙커 정리에 디봇자국 수리도 해야 해. 물고기를 키우는 연못에선 반드시 고기밥을 주어야 하지. 또 가다 보면 묘가 있는 곳도 있어. 거기선 골프하다 죽은 사람을 위한, 그 리고 땅 속에서 골프공에 수없이 얻어터지고 짓밟힌 영혼을 위해 서 묵념도 해야 해. 자아 묵념."

가르치기로 들면 한도 끝도 없다. 탈의실에 들어와서도 나는 마 구 잘난 체를 하며 후배를 길들였다.

"너 오늘 그린 주위에서 이쪽 벙커, 저쪽 벙커, 세 번이나 왔다 갔다 했지? 이리와. 여기 냉탕에 세 번, 온탕에 세 번, 머리까지 푹 들어갔다 나와. 그렇게 살을 풀어내야 다음부턴 안하게 되거덩."

　욕탕에서 물먹이기 잠수까지 시키고 신고식 풀코스를 끝냈다. 아니 참 디저트가 남아있었다. 나는 거룩한 선배의 지도를 맨입으로 받아들여서는 안 된다는 걸 따끔하게 알려줬다. 그래야 그녀도 나중에 후배를 짱짱하게 가르칠 줄 아는 선배가 될 것이므로.

　나는 골프에 늦게 입문한 후배에게 선배 앞에서 술 석 잔을 노털카로 마시게 했다. 하지만 나는 너그러운 선배다. 강아지 목욕통만한 그릇에 술을 따르지는 않았다. 된장찌개 이 인분용 뚝배기였다.

　다음에는 이 만만한 후배에게 골프공 한 개가 걸린 내기를 가르칠 것이다. 그 다음엔 스킨스와 '라스베가스'를, 그 다음엔 '홋세인'과 '오빠 삼삼해'도. 그래서 내가 수업료를 톡톡히 지불하며 전수받은 골프 기술과 내기비법을 가르칠 것이고, 그 과정에서 내가 투자했던 수업료를 회수할 것이다.

양말 한 짝은 어디로 갔을까

골퍼의 채가방 안에는 골프채, 공, 티, 그린포크, 비옷, 자외선 차단제, 장갑 등이 들어있을 것이다. 내 가방 속에는 몇 가지가 더 들어있다. 고무줄과 지사제(止瀉劑)와 양말이다.

지사제의 용도는, 술은 즐기지만 위장이 예민한 골퍼라면 알 것 이다.

술을 마신 다음 날, 뱃속에서 전쟁이라도 일어난 듯 꾸루룩 꾸루룩 요동치는 내장들을 정리정돈하려면, 화장실을 풀방구리에 쥐가 드나들듯이 열심히 드나들어서 엊저녁에 마신 발효된 액체를 몸 밖으로 쏟아야 한다. 그러나 골프코스에서는 그럴 수 없기 때문에, 샴페인이 분출하려는 것을 코르크 마개로 막듯이, 효능이 강한 지사제로 막아줘야 하는 것이다.

나는 이슬이 걷히지 않은 아침에 라운드를 하다가 젖은 신발의 앞부리가 입을 벌리는 통에 난감했던 적이 있다. 지혜롭게도 이런 상황을 예견했는지 고무줄을 가지고 다니는 동반자가 있었다. 나는 고무줄로 감발을 하고 나머지 라운드를 마쳤다. 양말은, 그렇게 지혜롭게 고무줄을 내게 빌려준 동반자의 뜻을 받들어 나도 남에게 선행을 베풀기 위해 가지고 다닌다.

철수 씨와 나는 오래된 친구이다. 남자들 사이의 오래된 친구는 죽마고우, 여자는 소꿉친구라고 한다는데, 철수 씨는 땅따먹기도 같이하고 팔방놀이도 함께 했고 지금은 골프라운드를 같이하고 있으니, 무어라고 우리의 관계를 표현할지 잘 모르겠지만, 좌우간 징그럽게 케케묵은 친구이다.

철수 씨와 내가 총각 처녀 일 적이었다.

철수 씨와 같이 영화를 보러갔는데 영화를 보다가 그가 사라져 버렸다. 영화가 한창 절정으로 치닫고 있어서 나는 그가 일어나서 나가는 낌새도 못 잡았다. 화장실에 갔으려니 하고 기다렸는데 그는 돌아오지 않았다. 좌석의 밑도 살펴보고 안내원을 시켜 신사화장실의 문까지 다 열어보는 법석을 떨었지만 그는 없었다. 강산이 세 번 바뀔 만큼의 세월이 흐르도록 그의 증발은 완전범죄였다. 물론 그에게 연유를 묻기는 했었는데 얼굴만 붉힐 뿐 대답이 없었다. 나하고 나란히 앉아서 영화를 보다가 앞자리에 앉은 애인을 발견했던 것일까, 아니면 빚쟁이에게 쫓겼던 것은 아닐까, 이런 궂은 상상이 들어 더 묻지도 못했다.

그의 증발의 원인을 알게된 것은 최근의 일이다.

삼십여 년 전에 그가 양말을 한 짝만 신은 채로 극장 문을 나서는 것을 본 친구가 나타난 것이다. 영화를 본 날이 광복절이었고, 영화의 제목이 007 시리즈 중의 하나인 '썬더블 작전'이었기 때문에 영화 이야기를 하다가 철수 씨의 이야기가 자연스럽게 나왔다.

사람들은 트림이나 기침이나 방귀가 저절로 터져 나오는 것을 생리현상이라고 한다. 소변이나 설사를 어찌 참느냐고 한다. 맞는 말이다.

나는 골프라운드를 하면서 맥주를 즐겨 마신다. 그늘집에서 단숨에 500씨씨를 마셨더니, 다음 그늘집에 닿을 때까지 도저히 참을 수가 없어서 우산 두 개를 들고 숲으로 들어가서 방광에 가득 찬 내용물을 비우고 나온 망측한 일도 있었다. 그런 경우, 나는 여자이니까 우산이 필요했지만 남자들은 아무렇지도 않은 표정으로 잠시 숲을 산책하고 나오는 것 같다. 오비라도 나주면 공을 찾는 척 울울한 잡풀을 헤치고 들어가 목적한 바를 해치울 것이다. 소변은 그렇다 치자.

며칠 전, 철수 씨는 전날 과음을 했다며 아랫배를 문지르며 나타났다. 썩은 밤을 씹은 표정이었고 어기적대는 걸음이었다. 내가 보기에는 내기가 걸린 날 골퍼들이 앓는 전형적인 꾀병 중의 하나였다. 과음으로 인해 숙취가 안 가셨다는 등, 칼을 갈지 않아서 날에 녹이 슬었다는 등, 지난번에 다친 인대가 완치가 안 되었다는 등의 공이 안 맞는 이백 가지 원인 중의 하나를 연출하고 있었다.

엄살과 흉물은 다 떨면서 가을 추수를 하듯 남의 지갑을 훑어가는 골퍼를 보면 드라이버 헤드로 한 대 갈겨주고 싶도록 얄밉다. 철수 씨가 그런 엄살족이다.

철수 씨는 무슨 약인지는 모르겠지만 허연 알약을 드링크제와 함께 넘기고 티잉그라운드에 올랐다. 그리고 얼굴은 잔뜩 우그러뜨린 채로 첫 티샷을 날렸다.

나는 철수 씨가 특이한 스윙폼을 가지고 있다고 생각하고 있었다. 그는 하체의 스웨이*가 심했다. 왜글*을 할 때부터 다리를 좌우로 출렁거리곤 했다. 그래서 우리는 그의 샷을 '숭그리 당당 무당춤' 이라고 불렀다.

그런데 아니었다. 철수 씨는 하체를 고목처럼 고정시킨 채 샷을 하는 것이었다.

"구운 샤앗…… 배 아프다는 것도 연극이었구만."

누군가 빈정거리며 그렇게 말했지만 철수 씨는 찌그러진 얼굴의 근육을 풀지 않고 티잉그라운드에서 내려왔다.

두 번째 홀에서도 그는 허벅지를 안 쪽으로 가위다리처럼 조이고 굳건하게 샷을 했다.

"그 사이에 원 포인트 레슨이라도 받았나 부네. 오늘은 숭그리 당당 무당춤 안 추네."

입까지 앙다물고 비장한 표정으로 훨훨 나는 공을 바라보는 그를 보고 나도 한 마디 거들었다.

파5의 3번 홀이었다. 철수 씨의 공은 힘차게 직선으로 뻗어 페어웨이 한가운데 사뿐히 안착했다. 군자는 대로행이라고, 철수 씨는 페어웨이 한가운데로 용감무쌍하고도 씩씩하게 걸어 나가야 했다. 그런데 그는 동반자들보다 뒤쳐져서 미적거리더니 숲 속으로 들어가는 것이었다.

"공, 반듯하게 날아갔어요."

나는 그가 공을 찾으러 가는 줄 알고 큰소리로 외쳤다. 그는 손사래를 쳐서 먼저 가라는 신호를 보내왔다. 나는 두 번째 샷을 날리고 그를 기다렸다. 다른 동반자들도 그를 기다리는 수밖에 없었다. 삼 분, 아니 오 분쯤 지났을까. 그가 날아갈 것처럼 상쾌한 웃음을 물고 숲에서 나왔다.

"공 찾는데도 삼 분밖에 시간을 안 주는데, 두 벌타 아닌가?"

누군가 투덜거렸다.

"미안, 미안. 급한 용무가 있었어. 클리이크*를 줘요. 이거 잘 맞으면 그린에 오르겠죠?"

그는 동반자들에게 사과하고 캐디에게는 채를 가져다 달라고 했다. 채를 넘겨받은 그가 두 번째 샷을 준비했다.

그때 나는 보았다. 빈스윙을 하는 그는 원래의 스윙폼으로 돌아와 숭그리 당당 무당춤을 추고 있었다. 그리고 또 한 가지, 이상한 점을 발견했다. 그는 한 쪽 발에 양말을 신지 않고 있었다.

나는 철수 씨가 클럽하우스에 나타났을 때부터의 정황을 차근차근히 정리해봤다.

아랫배를 문질렀고, 약을 먹었고, 급한 볼일이 있는 양 숲 속으로 들어갔고, 숲에서 나왔을 때는 양말 한 짝이 없었고…… 여기까지 생각이 미친 나는 웃음을 참을 수가 없었다.

"철수 씨, 막 폭발하려는 설사를 참는 식으로 항문의 괄약근을 꽉 조이고 샷을 해보세요. 그게 하체의 스웨이를 방지하는 최고의 방법이에요."

어드레스*를 하고 있는 골퍼에게 말을 거는 것은 에티켓이 아니다. 하지만 나는 입을 다물고 있을 수만은 없었다.

그리고 왼쪽만 맨발인 그에게 양말을 한 짝만 지금 당장 선물해야 하나 두 짝을 다 같이 선물해야 하나, 갈등하기 시작했다.

To Sir with LOVE

나에게 골프를 지도하는 티칭프로와 나는 일주일에 두세 번씩이나 얼굴을 대한다. 내 쪽에서 보면, 같이 살지 않는 사람 중에서는 제일 잦게 만나는 사람이다. 나도 지겨운데 사부 역시 질리고 물릴 것이다. 나는 그 지옥에서 벗어나 사부를 안 보고 사부의 잔소리도 안 듣는 천국으로 가고 싶다. 그래서 필드에 나갔다가 공이 좀 잘 맞았다 싶으면 탈출을 시도한다.

"선생님, 드디어 하산의 날이 왔어요. 앞으론 그물망 안에서는 안 놀고 들에서만 놀겠어요. 수년 동안 투자한 자금도 회수해야겠고, 팬들도 관리해야 하니까, 앞으로는 제 얼굴 보기 힘들 거예요.”

이러면서 연습장 탈의실 옷장에 쑤셔 박아 두었던 헌신발이며
고린내 나는 신던 양말까지 챙겨가지고 나온다. 그런 나를 사부는
붙잡지 않는다. 니 마음대로 하시라, 이다. 하지만 달포도 못 버티
고 다시 그물망 안으로 돌아온다.

“팬 사인회 하시느라 바빠서 닭장은 영영 발 끊은 줄 알았는데,
누추한 곳엔 어인 왕림?”

예수님은 아흔아홉 마리의 양보다 한 마리의 잃어버린 양을 더
애타게 찾았다는데, 다시 돌아온 제자에게 따뜻한 위로의 대사라
도 읊어주면 좋으련만, 사부는 인정머리라고는 약에 쓸래도 없다.
애물단지가 속 썩이려 재등장했구나 하는 표정이다.

“강도를 당했어요. 지난번엔 파뿌리였는데, 이번엔 완존히 양파
뿌리에요. 그래도 내가 돌아올 곳은 정든 선생님에게 밖에 없잖아
요.”

“한번 잘 맞았다고 꿈이여 다시 한 번을 외치면서 힘을 넣었군
요. 좌우간 전 김 작가하고 전혀 정들고 싶지 않은 걸요.”

겸손하게 굴라는 건가. 손오공처럼 한번 공중제비를 돌면 일만
팔천 리를 난다는 근두운을 타고서 내가 오비말뚝 밖으로 휘젓고
다니는 걸 본 것인지, 첩자가 있어 고자질을 한 것인지, 족집게 도
사처럼 알기도 잘 안다. 사부의 몰인정에 대한 내 대응은 협박이
다.

"전요, 누구한테 골프를 배웠냐고 물으면 기탄없이 선생님 이름을 댈 건데요. 그렇게 긴 세월 레슨을 받고도 요 모양 요 꼴의 실력 밖에 안 되면 남들은 당연히 선생님의 가르치는 실력을 의심할 거 아닌가요? 그러니까 말씀인데요. 선생님은 선생님의 실력을 인정받기 위해서라도 제 실력을 어느 만큼은 끌어 올려줘야 해요."

얼토당토않은 궤변으로 남에게 덤터기를 씌우는 짓은 타고난 나의 특기이다. 나는 드라이버의 슬라이스, 페어웨이 우드의 뒤땅, 어프로치의 토핑이 모두 사부의 탓이라고 핑계를 댄다.

"아, 뭐래도 상관없습니다. 김 작가가 제 말 안 듣고 고집부리는 거야 근동에서 모르는 사람이 없으니까요. 김 작가 같은 제자 가르치느라고 참 힘들겠다고 다들 절 동정하죠."

사부는 들에서 열 받고 온 내게 펄펄 끓는 기름을 붓는다.

"제가 어디 말을 안 듣고 싶어서 안 드나요. 첫째로 머리가 나빠서 말귀를 못 알아먹죠. 둘째로 마음만 방년이지 몸은 불혹을 넘긴 터라 마음 따로 몸 따로 놀아서 그렇죠."

"김 작가 두 자리 숫자 아이큐는 저보다 나은 겁니다. 전 한 자리 숫자 아이큐라도 골프에 관한 한 오늘날까지 버텨왔습니다. 그리고 예순 살 노인이 서른 살 장년을 이길 수 있는 스포츠는 골프뿐입니다."

가는 방망이에 오는 홍두깨의 아웅다웅 싸움질만 하면서도 사제 관계는 질기게 버텨왔다. 하긴 생쥐가 풀방구리 드나들듯 한 달이 멀다 하고 짐 싸서 하직하고 나갔다가 다시 돌아오고는 했지만.

지난 주에 사부와 필드레슨을 겸한 라운드를 했다.

찜통 속에 들어앉은 듯 푹푹 찌는 더운 날씨였다. 성하(盛夏)의 나라인 필리핀에서도 태국에서도 인도네시아에서도 공을 쳐봤지만 이렇게 고된 노역은 아니었다. 피부로 느껴지는 불쾌지수가 올해 들어 최고로 치솟는 것 같았다.

세 홀도 마치기 전부터 찬물에 몸 담그고 시원한 생맥주 거품에 코 박고 들이키는 것, 그것만이 희망이었다. 남은 홀을 헤아리며 진군을 했다. 사부의 사부가 나타나서 설(說)을 푼다 해도 귓전에 도달하지 않을 만치 만사가 귀찮았다.

"백스윙 줄이세요. 하나 두울 셋까지 가지 말고 둘에서 다운스윙을 시작하라구요. 또 그 오버스윙……."

옷이 팔에 감겨 저절로 백스윙이 작아졌는데도 으르렁거린다. 나는 사부의 그 말을 백 번, 아니 천 번쯤 들었을 것이다. 레퍼토리를 다 꿰고 있어서 다음엔 무슨 가락이 흘러나올 지도 다 안다.

"지금 체중 이동은 안하고 팔로만 쳤다고 그러려고 그러죠?"

공대가리를 치고 나니 미안하기까지 하다.

"어깨를 돌리면서 공에서 멀어진다는 공포심을 이젠 버릴 때도 되었잖아요. 자신 있게 휘두르세요."

"손목으로 엎어 쳤다고, 야단 칠 거죠?"

피그르르 굴러가는 공을 바라보며 나는 미리 자수를 해버린다.

'골프프로는 불치의 병을 치료할 수 있다고 말하는 낙천적인 의사와 같다.'고 유명한 프로골퍼 짐 비숍은 말했다.

나는 낙천적인 의사를 갈구하는 불치병환자인가. 아니다. 나는 차라리 내게 소질이 없으니 놀이삼아 들에 나가 즐기라든지, 깨끗이 골프를 포기하라든지, 이런 충언을 해주는 프로를 원한다. 죽기 전에는 고칠 수 없는 병을 앓고 있다고 정직하게 일러주면, 실의에 빠질지라도 헛된 망상은 버리리라.

사부는 날더러 말 안 듣는 악동이라고 한다. 나는 그 말을 받아들일 수 없다. 사부 말에 따르고자 노력한다. 그런대도 사부는 내가 내 맘대로 휘두른다고 한다.

채를 던지고 떠나고 싶다. 집에 가서 수박이나 깨먹고, 공도 미워하지 말고, 사부도 미워하지 말고, 못난 나도 미워하지 말자. 이제 파리똥 같은 기미만 생기는 골프는 작별하고 실내 헬스클럽에서 우아하게 역기나 들어올리고, 그동안 게을리 행했던 지적인 성숙을 위한 영어 공부에 충실하자.

자, 나의 마지막 라운드, 골프와의 영원한 이별을 위하여…….

정말 골프와 영영 하직할까 하는 번민도 잠시 했었다. 마지막인데 공이야 맞든 안 맞든 하란대로 따라서나 해보자, 사부의 소원이나 들어주자, 했다. 온몸을 비틀어 꼬아 올렸다가 냅다 풀어서 내리쳤다. 이건 또 무슨 조화인지 모르겠다. 그렇게 마음을 비우고 나니 공이 저 혼자 살아서 비상하는 것이다. 공 내부에 컴퓨터

칩이라도 들어있는 양 잡는 클럽마다 정확한 탄도와 거리와 방향으로 날아가는 것이었다. 사부의 잔소리가 잠잠해졌다.

"놀랐어요. 이제야 연습장 스윙이 필드에서도 나오는 군요. 어깨도 잘 돌아가고, 팔도 당차게 휘둘러주고. 이대로 접근한다면 내년 후반기, 빠르면 이맘때쯤은 싱글로 진입하겠네요."

땀에 젖은 장갑을 뒤집어 뜯어내며 사부가 말했다. 오 년 만에 처음 듣는 칭찬이다. 사부는 칭찬에 인색했다. 특히 내게는 더 그랬다. 그는 내게 헛말이래도 듣기 좋은 감언이설을 한 적이 없었다. 그랬으므로, 나는 그 첫 칭찬에 감격했다.

"홀컵의 지름이 얼마나 되는 지 아십니까?"

돌아오는 차 안에서, 단숨에 들이켠 생맥주 탓도 있지만, 덮쳐오는 잠의 너울을 걷어내지 못하고 꾸벅꾸벅 졸고 있는데 사부의 잔소리는 달콤한 꿈마저 방해했다.

"그걸 모를까 봐요? 4.2인치가 조금 넘는다고……."

"108밀리랍니다. 골프는 108번 번뇌하는 운동이라고 부처님이 그렇게 만드셨답니다."

나는 아련한 꿈 속에서 사부의 잠꼬대인지 잠언인지를 들었다.

그리고 집에 돌아와 컴퓨터의 서류철을 뒤져서, 먼 훗날 아니 내년에 싱글타수를 기록하면 발표하려고 미리 써두었던 싱글 소감의 말미에, 사부님께 감사의 마음을 드립니다. To Sir with LOVE, 라고 썼다.

동병상련

만천하에 공개되면 창피하지만 가까운 친구들 앞에선 자랑을 못해서 안달하는 경험 중에는, 혼외정사와 음주운전이 있다고 한다. 남자들은 왜 그런 것을 훈장처럼 내보이려 하는지 나는 이해할 수가 없다.

"제가 가슴이 아프거든요."

봄이 여자의 계절이라면 가을은 남자의 계절이다. 가을엔 남자들이 더 고독해 진다고 한다. 그래서 일까, 연속해서 세 홀을 헤매던 김 이사가 내 귀에 대고 속삭였다.

공 안 맞는 것하고 가슴 아픈 것하고는 아무런 연관이 없다. 병이 들었다는 개인사를 사랑의 고백인양 내 귀에 입을 바짝 대고 속삭일 까닭은 더욱 없다.

가슴이 아프기로 들면 내가 훨씬 더 아프리라. 나는 가슴과 머리가 동시에 쓰리고 아리다. 엄청난 손재수를 당했기 때문이다. 해결책은 복권에 당첨되거나, 난데없는 유산상속이나, 눈먼 돈이 생기는 길뿐이다. 누구를 붙들고 하소연한다고 도움이 있을 것도 아니기에 나는 조용히 입을 다물고 가슴과 골치를 앓고 있다.

"엄살 부리지 말고 빨리 쳐요. 이제 몸 풀렸으니까 잘 될 겁니다."

김 이사는 자분치가 희끗거리는 사십대 후반의 남자다. 명예를 존중할 줄 아는 기품이 있는 신사이다. 그리고 나와는 막상막하의 골프 실력을 가진 호적수이다. 서로 핸디를 주고받을 것도 없이 맨몸으로 부딪쳐서 승부를 가려왔었다. 나는 그가 지금 겨우 세 홀을 헤맸다고 내게서 핸디를 얻어내려는 품위를 손상시키는 작태를 벌인다고 생각했다.

내 호통에 그는 끽소리 못하고 티잉그라운드로 올라갔다. 원래 공이란 자신 없게 휘두르면 더 안 맞게 되어있다. 우려했던 대로 티타늄 헤드가 지면과 마찰하며 불을 번쩍 일으켰다. 공 뒤쪽의 땅을 친 것이다.

"부싯돌 한번 좋습니다. 제대로 맞았으면 오비일 텐데 또옥 바르게 갔습니다. 뒤땅에 오비 없다고 옛 성현들이 말씀하셨잖아요."

남의 불행을 내 행복의 발판으로 삼는 사람은 악인이다. 하지만 나는 놀부의 심보를 가졌는지 남의 실수에 유쾌해진다. 얼른 나무 뒤로 숨어서 그가 안보는 틈에 웃었다. 그리고 위로의 대사를 읊었다.

"몽댕이 잡아서 온 시켜서 원펏, 그러면 버디잖아요."

그는 스푼을 잡고 다시 푸덕거렸다. 나는 치올라오는 웃음을 지그시 이빨로 눌러 물고 또 한번 그에게 용기를 북돋아 주었다.

"그럼 쓰리온에 원펏, 파로 끝내세요."

내 머릿속은 윤활유가 잘 도는 기계처럼 매끄럽게 회전하고 있었다. 저 친구, 이번 홀에선 보기하기도 어렵겠구나, 만약 내가 파를 한다면 배판이니까 이익도 두 배가 되는구나. 나는 즐거운 상상만 펼쳤다.

그는 다섯 번째 샷에 간신히 그린에 공을 올렸다. 컨시드를 주기에는 공과 홀 사이가 너무 멀었다. 나는 먼산바라기를 하며 딴청을 피웠다. 하늘을 올려다보며 귀만 열었다. 홀로 공이 굴러 떨어지는 음향이 울리지 않았다. 돌아보니 공은 홀 가장자리만 핥고 나오고 있었다.

"거시기, 아니 퍼터가 부실한 건가. 뺨 맞을라고 넣을래다 말아요?"

홀마다 이기면 재미가 없다. 조이는 맛도 없어지고 플레이가 느슨해진다.

"실연을 하고 나니 퍼터가 말을 안 듣누만. 구멍마다 문전박대야."

유부남의 연애란 은밀한 사안이다. 농담이라면 다르지만.

"실연이라고라? 왕년에 누군 실연 안 해봤나. 티 내지 맙시다."

나는 농담으로 받기로 했다.

"짤렸어요."

애인과 이별했다는 말 같다. 헷갈린다. 농담이 진담 같아진다.

"몇 호 애인하고 헤어졌다는 야그? 앞으로 할 일은 순위정리구만."

오랜 친분이 있는 동안 나는 그를 단정한 남자라고 믿어왔었다. 그는 아름다운 부인과 영특하고 착한 아이들을 자랑했었다. 그가 애인이 있다는 정보는 줍지 못했었다.

"김 작가 애인 서열 말석에 이름이나 올립시다."

장난으로 날 떠보려는 수작인가. 그가 유머 감각이 뛰어나다는 사실은 익히 알고 있었지만 지금은 분위기 파악이 쉽지 않다.

그는 얼마 전에 내게 과학소설을 쓸 수 있겠느냐며 의뢰를 해왔었다. 내가 대학에서 자연과학을 전공했음을 그는 알고 있었다. 문학을 전공한 다른 소설가보다는 아무래도 내가 과학소설 쪽에 접근이 용이하리라고 짐작했을 것이다.

"과학소설을 쓴다면 지원하겠다는 스폰서가 있어서요."

배려는 고맙지만 난 과학소설을 쓸 능력이 없었다. 돈이 눈앞에서 아른거렸지만 거절이 아닌 포기를 해야 했다.

"써놓은 장편소설이 있어요. 연애소설이에요. 그거나 연재할 지면이나 알선 해봐요."

"맨날 자기 연애한 얘기만 쓰고……."

빈정거림인가. 그의 말투가 갑자기 이상해졌다.

"천국에 다녀와야만 천국 이야기를 씁니까? 남극에 안가고도 남극 얘기 쓴 사람보고 사기꾼이라곤 안하던데. 간접경험이죠."

"에이 거짓말. 실제로 연애를 안 해보고서는 그렇게 리얼하게 못씁니다."

"소설 쓰는 사람의 상상력을 그리 얄팍하게 보다니. 이젠 간접경험도 밑천이 떨어졌으니 김 이사 연애 얘기 해봐요. 내가 근사하게 픽션으로 꾸며볼게요."

그늘집에 앉아서 노닥거리는데 캐디가 부른다. 따뜻한 난로를 남겨둔 채 나가기가 싫다. 난로의 불꽃을 껴안고 다닐 순 없을까.

"공이나 칩시다."

모자를 집어 들고 푸석푸석한 풀 위로 내려서는 그의 뒷모습엔 우수가 묻어있다. 겨울을 재촉하는 바람이 나무의 맨 몸통을 흔들어 몇 개 남지 않은 나뭇잎마저 떨어뜨린다. 산꼭대기에서 내려온 돌개바람은 낙엽을 이리저리 몰고 다닌다. 겨울의 예감이 증폭된다. 푸른빛을 잃고 누렇게 바랜 풀들도 맥없이 쓰러져 눕는다. 그의 처진 어깨로 낙엽 하나가 견장처럼 내려앉는다. 외로움도 전염

되는가. 가슴에서 고드름이 자라고 있다.

그는 떠나버린 여자를 잊으려고 골프에 열중한다고 했다. 공이 딱 맞는 순간만 빼고는 어디든지 그녀의 환영이 따라다닌다고 했다.

"시내버스 떠나면 관광버스 온다는데, 궁상떨지 말고 애인으로부터 해방되었으니 홀가분하게 한잔 합시다."

19홀은 해방파티였다. 그가 아무리 실연의 고통을 호소해도 나는 별 도움을 주지 못했다. 가까스로 찾아낸 덕담도 유행가 가사이다.

"세월이외에는 약이 없어요."

취기를 가누지 못하는 그의 고개가 가슴팍에 묻혀있다.

마지막 라운드

지금은 미국으로 이민을 가버린 상우와 골프 라운드를 하던 날
이었다.

서울의 북쪽에 위치한, 북한과는 꽤 가까운 거리에 있는 골프장
이었다. 가을이었고, 페어웨이 주변의 나무는 단풍으로 물들어 있
었다. 바람이 불 때마다 나뭇잎이 떨어졌다. 계곡에서 올라온 회
오리 바람은 웅웅 울면서 나뭇잎을 공중으로 말아 올리고 있었다.

떨어지는 낙엽에 섞여 페어웨이 한가운데를 종이 조각들이 날아
다니고 있었다. 페어웨이에 휴지 조각이라니……. 나는 종이를 주
웠다. 북한에서 날아왔음이 분명한 전단이었다. 하늘에서 갓 내려

온 전단은 구김하나 없이 바삭바삭했다. 남북의 화해 분위기가 달아오르기 시작할 무렵이었는데도 전단의 내용은 남한정부에 대한 비방일색이었다. 전단은 페어웨이 곳곳에 눈처럼 흩뿌려지고 있었다.

"북한에서 남쪽으로 바람이 부는 날 삐라 뭉치를 매단 기구(氣球)를 띄운다는군. 하늘로 올라가던 풍선은 어느 지점에선가 터질 테고, 그러면 삐라는 눈처럼 흩날리며 지상으로 내려올 것이잖아."

이별을 앞둔 그와 나는 서로 나눌 말이 없어 묵묵히 공만 치면서 걷던 중이었다.

글쎄, 상우와 나의 관계를 무어라 단정 지어야 하나. 그는 내 어린 날의 연인이었다. 한 번도 그리움을 하소연 않고 겉으로는 참예사인 척 지내다가 서서히 멀어졌다. 어쩌다가 그가 내 꿈 속에 잠깐 들러주기도 했다. 오랜 세월이 지나 우연히 다시 만났을 때는 이미 서로의 인생은 엇갈려 있었다. 그러니까, 그날의 골프라운드는 우리의 이별식인 셈이었다.

기분이 착잡했다. 자꾸 콧날이 매워졌다. 나는 눈물이 쏟아지려는 것을 참으려고 하늘로 시선을 띄웠다. 먼 하늘 저쪽에서 비행기 한 대가 다가오고 있었다. 비행기 꽁무니에는 연료가 타면서 뿜어져 나오는 흰 연기가 꼬리처럼 길게 매달려 있었다.

"저 비행기에서 독가스가 살포된다면……."

하늘에서는 눈도 내리고 비도 내린다. 꽃잎도 날리고 전단도 날리는데, 독가스는 왜 안 된단 말인가.

"그런 일이 과연 일어날까? 그런 상상력이 있으니까 당신은 소설을 쓰나봐."

그는 퍼트를 하려다 말고 생경한 눈빛으로 돌아보았다. 그리고 내 시선을 따라 뭉게구름이 흘러가는 하늘로 눈을 띄웠다.

그랬으면 좀 좋으랴. 그런 상상력이 있기 때문에 창작을 한다는 뜻이 아니라, 사랑하는 사람과 골프를 하다가 죽음을 맞을 수 있다면…… 썩 괜찮은 삶의 마감이 될 것 같은 생각이 문득 들었다.

많은 시간을 함께 한 사람은 공유하는 추억도 많다. 십여 년 전에 그와 나는 노벨문학상을 받은 가브리엘 가르시아 마르께즈가 쓴 '페스트'라는 소설에 대해 토론을 했었다.

이루지 못한 첫사랑을 그리워하며 평생을 독신으로 산 남자가 있다. 남자는 선장이 된다. 어느 날 남자가 탄 배에서 페스트 환자가 발견된다. 전염병 환자가 타고 있는 배는 어느 항구에도 닻을 내릴 수가 없다. 항구에 정박하려고 하면, 배에 물과 음식을 실어주며 먼바다로 쫓는다. 페스트에 걸린 사람이 하나 둘 늘어간다. 급기야는 선장도 페스트에 걸린다. 그때, 온 생애를 첫사랑을 기다리는데 바쳐 온 여자가 주위의 만류에도 불구하고 용감하게 배에 오른다. 천신만고 끝에 상봉한 두 연인을 반기는 것은 페스트균이다. 두 연인은 죽기 전에 사랑을 나누어 보려 하지만, 몸은 이미 너무 늙고 병들어서 의지대로 움직여주지 않는다. 그러나 그들의 죽음을 향한 항해는 한없이 행복하다.

"그런 사랑이 있을까?"

'진실한'이라는 형용사로 포장되는 사랑을 믿지 않는 그였다.

"진실한 사랑이 있으리라는 환상을 붙들고 사는 거지 뭐."

나는 시큰둥하게 대답했다. 그리고 내가 읽은 추리소설 한 토막을 그에게 들려줬다.

가상도시의 공원에 상자하나가 놓여있다. 공놀이를 하던 호기심 많은 어린아이가 상자를 연다. 상자 속에는 인간에게만 전염되며 감염이 되면 치사율이 거의 100%인 질병을 일으키는 세균이 들어있다. 도시는 삽시간에 아수라장이 된다. 이 사실을 안 위정자는 도시를 봉쇄한다. 무장한 군인이 장갑차로 길을 막고 아무도 도시를 벗어날 수 없도록 계엄령을 내린다. 생필품만 하늘에서 떨어뜨려 준다. 시민이 모두 죽으면 도시 전체를 불태워버릴 계획을 세운다. 이때, 도시 밖에 살던 남자가 사랑하는 여자를 구하려고 도시로 잠입한다.

"소설 속의 주인공은 수퍼맨이잖아. 수퍼맨은 불에도 안타고 병도 안걸리니까."

그는 예나 지금이나 지독한 현실주의자이다. 그는 적어도 소설과 현실을 구분할 줄 안다. 무엇이 실현 불가능한 꿈이고, 무엇이 감내해야 할 현실인지 너무도 잘 아는 남자이다.

"만약에 우리가 그 도시에 갇힌다면, 적어도 혼자 도망치지는 않겠지?"

나는 그의 영악한 인생 계산법이 싫어서 그를 째려보았다.

그리고 상상 속에서 한 편의 공상과학 소설을 썼다. 우리가 골프를 하고 있는데, 하늘에서 흰가루가 담긴 풍선이 터진다. 흰가루는 치사율이 높은 전염병의 병원균이다. 골프장은 경찰과 군인으로 둘러싸여 고립된다. 백신도 없다. 감염된 우리는 골프장 밖으로 나갈 수 없다. 그곳에서 죽어야 한다…….

지금 그는 미국에 살고 있고, 미국은 아프간과 전쟁중이다.

미국은 전세계인을 향해 테러와의 전쟁에 협조하라고 호소하는 반면, 오사마 빈 라덴은 이슬람 전사들에게 성전(聖戰)에 참여하라고 독려한다. 신문이나 텔레비전에 나온 오사마 빈 라덴은, 키가 크고, 마르고 긴 수염에 눈빛이 맑았다. 사진 속의 그가 기관총을 겨누고 있었음에도 불구하고 그는 용사가 아니라 섬약하고 이지적이며 나른한 몽상가처럼만 보였다. 아직 그가 뉴욕의 테러사건이나 탄저병원균이 동봉된 우편물의 주범이라는 진한 혐의만 있을 뿐, 확실한 증거는 없다.

그의 추종자들은 그의 사상과 종교적 이념에 맹종하는 자들이다. 그는 그들에게 자살테러의 동기와 명분을 주었으리라. 건물을 파괴하고, 아무 영문도 모르는 선량한 사람들을 죽이고, 나아가서 자신까지도 산화하여 전소되는 자살은 누구에게 물어도 선은 아니다. 최대의 악을 최대의 선으로 믿도록 하는 힘은 종교적 이념과 절대 사랑 밖에는 없다. 죽음이라는 최후의 선택은, 자신의 선택이 최선의 선택이라는 확신이 설 때 내려질 것이다.

나도 이제는 철이 들어서 이 세상에는 진실한 사랑도 영원한 진리도 없음을 깨달아 가는 중이므로 희망없고 부질없는 사랑 때문에 자살을 음모하거나, 영원히 진리일 수 없는 이념 때문에 인간폭탄이 되어 내 스스로를 적진에 투척하지는 않을 것 같다.

전 세계가 우편물로 배달되는 독약으로 인해 전전긍긍하고 있다. 불특정 다수를 겨냥한 테러가 세계의 도처에서 벌어지고 있는 이 즈음에, 하늘에서 나비처럼 나풀거리며 내려오는 전단이 탄저

균을 흩뿌리지 말라는 법도 없다.

나는 생각한다. 빈 라덴은 골프를 알까. 아프칸에도 파란 풀이 융단처럼 펼쳐진 골프장이 있을까. 산꼬마부전나비가 날아다닐까. 밤이면 하늘에 북두칠성이 국자 모양으로 빛을 낼까.

상우는 골프라운드를 하면서 전단을, 독가스를, 탄저병을, 그리고 나를 생각할까.

골퍼의 소원

타이거 우즈와 같이 라운드하는 것, 전자감응장치가 달린 퍼터를 개발해서 아무도 몰래 사용해보는 것, 죽기 전에 단 한 번만이라도 싱글타수를 기록하는 것, 언제나 지갑을 훑어가기만 하는 친구를 앞지르는 것, 골프 못하게 하는 마누라하고 이혼하는 것, 페블비치 골프코스를 밟아보는 것, 홀인원을 해보는 것…… 골퍼의 소원들이다.

소원이 이루어졌을 때, 사람들은 덜덜 떨면서 말한다. 꿈만 같다고…….

박세리가 골프 연습생일 당시의 꿈은, 여자프로골프협회

(LPGA)에 진출하여 케리웹이나 애니카 소렌스탐하고 같이 경기하는 것이었다. 그런데 박세리는 맥도날드 챔피언십에서 기라성 같은 선배들을 제치고 우승했다. 세리는 감격에 겨워 눈물을 흘리면서 말했다. 꿈만 같다고…….

그러나 박세리의 꿈은 거기서 끝나지 않는다. 타이거 우즈 만큼의 우승이 목표일 것이다.

내가 처음으로 골프채를 잡았을 때의 꿈은, 한양컨트리클럽에서의 라운드였다.

대학교에 다닐 때, 경기도 고양에 사는 친구가 있었다. 일요일이면 소풍을 가는 기분으로 시외버스를 타고 친구의 집으로 놀러가고는 했다. 친구네는 농사를 짓고 있었는데, 우리는 누렇게 벼가 익은 논에서 허수아비와 나란히 서서 그악스럽게 날아와서 이삭을 쪼는 참새를 쫓으며 따가운 가을빛에 얼굴을 그을리고는 했다. 개구리들의 징검다리 역할을 하는, 논바닥에 처박힌 골프공을 줍기도 했다.

한양컨트리클럽을 구경가기도 했다. 당당하게 클럽하우스를 통해서 골프화를 신고 코스로 나간 것은 아니었다. 논두렁에서 놀다보면 잘 다듬어진 페어웨이가 보였다. 잔디밭을 누비는 골퍼와, 한점의 햇빛도 들지 않도록 커다랗고 하얀 삼각수건으로 모자의 차양에서 턱까지 꽁꽁 처맨 캐디와, 작은 호미를 들고 앉은걸음으로 옮겨 다니는 풀 뽑는 아줌마들과, 하늘을 나는 하얀 공과, 종종

걸음으로 페어웨이를 가로질러 가는 꿩 가족과, 새와, 다람쥐들을 보았다.

그 시절, 공무원이셨던 아버지는 시골에 부임해 계셨다. 방학을 맞아 아버지가 계신 곳으로 내려가기도 했는데, 독서와 산책 이외에는 할 일이 없었다. 개봉극장도 없어서 두 편의 영화를 동시상영하는 지린내가 나는 극장에 한 번 다녀오면, 방구석에서 뒹굴어야 했다.

대신에 아버지가 기거하시는 관사의 마당은 숏아이언을 연습해도 좋을 만큼 넓었다. 나는 새벽이면 마당에서 피칭 연습을 하는 아버지 앞에 앉아 발 앞에 공을 놓아드렸다. 아버지의 골프 연습이 끝나면 게 바구니에서 도망간 게처럼 마당 구석구석으로 흩어진 공을 모아야했다. 담은 누구라도 들어올 수 있도록 낮고도 헐었으므로, 미처 챙기지 못한 공을 동네 개구쟁이가 주워가기라도 하면, 동네 사람들에게 오해를 받았다. 동네 사람들은 저절로 깨진 유리창도 골프공에 맞아 깨졌다며 변상을 요구했고, 병들어 죽은 닭도 골프공에 맞아 죽은 꼴이 되어버렸다.

나는 매일 공을 세었으므로 지금도 정확히 공의 개수를 기억한다. 아버지는 마흔다섯 개의 연습공을 가지고 계셨다. 아버지가 출근하시고 난 뒤에 공은 내 차지가 되었다. 나는 골프공을 가지고 놀았다. 골프를 한 것은 아니었다. 방바닥에 이불을 깔고 그 위에 공을 흩어놓고 구슬치기를 했다.

나는 그렇게 공과 골프채는 접한 적이 있었지만 골프코스는 구경도 못했던 것이다. 그러니까 내가 처음으로 만난 골프코스는 한양컨트리클럽이다. 한양컨트리클럽의 페어웨이는 저곳이 바로 천국의 뜰이 아닐까 싶을 만큼 아름다웠다. 천국의 뜰에서 하는 운동은 어떤 재미가 있는 것일까. 나는 친구네 논과 골프코스를 경계 짓는 철망을 붙들고 한나절씩 골프장 안을 들여다보고는 했다.

한번은 산기슭에 앉아 있다가 쫓겨나기도 했다. 야산의 풀숲에서 튀어나온 사내들은 친구와 내게 이 부근에서 얼찐거리지 말라고 했다. 영화에서나 볼 수 있었던 경호원처럼 귀에 리시버를 꽂은 건장한 사내들이었다. 나는 북한과 가까운 곳은 산기슭에서 어정대도 안 되는가 보다고 잔뜩 겁을 먹고 뒷걸음질 쳤다. 산에서 바짓가랑이에 이슬만 묻혀서 내려와도 경찰이나 군인의 검문검색을 받았던 시절이었다. 대학 사 년 동안 매해, 학교는 수업일수를 채우지 않고 조기 방학을 했고, 축제도 열리지 못했고, 농촌봉사도 떼를 지어서는 못 가던 암울한 시절이었다. 대학생들은 비록 여대생들이라 할지라도 다섯 명만 모여서 수근거려도 안 되었고…….

"대통령이 가끔 와. 난 오늘인 줄 알았어. 우리 동네에 대통령 전용 캐디라는 여자가 자취를 하잖아. 지가 대통령 전용 캐디라는 걸 자랑하고 싶어서 입을 가만 안 놔두지. 오늘 대통령 오신다고 어제 목욕탕에 때 밀러 왔더라고."

친구가 들려주었던 한양컨트리클럽에 대한 이야기는 아직도 귓전에 아련하다.

논 사이의 신작로로 대낮인데도 헤드라이트를 켠 시커먼 자동차 대여섯 대가 열을 지어 몰려오면, 동네 사람들은 "떴군, 떴어." 라고 외치면서 집 안으로 숨는다고 했다.

내가 골프를 하리라고 꿈이라도 꾸었던가. 좋은 직장, 좋은 집, 좋은 차, 좋은 배우자를 선망하던 젊음이었지만, 골프가 나하고 연이 닿으리라는 꿈은 못 품어보았다.

그래서인지 내가 골프를 시작하고 나서, 가장 라운드해보고 싶었던 곳은 한양컨트리클럽이었다. 친구네 논과 골프코스를 경계 짓는 철망 밖에서 바라보던 천국의 뜰을 어찌 잊었겠는가.

오십여 개 이상의 골프장을 답사를 할 때까지도 한양컨트리클럽에서 라운드할 행운은 좀처럼 와주지 않았다. 한양컨트리클럽은 서울 이북에 있었고 나는 대전에 살았던 탓도 있다. 나의 간절한 소망을 아는 노신사가 한양컨트리클럽에 초대를 했을 때도 가지 못했다. 그분은 삼십여 년 전에 몇십만 원인가를 주고 한양컨트리클럽의 회원권을 구입했으리만치 삼십 년이 넘는 구력과 골프에 애정을 가진 분이시라 나의 소원을 가상하게 여겼으리라. 그렇지만 나는 왕복 여섯 시간의 운전에 자신이 없어서 거절해야만 했다.

서울로 이사를 오고 한 달도 채 안되어서 기회가 왔다. 나는 라운드 전날에 잠을 설쳤다. 지도를 열 번도 더 들여다보며 가는 길을 외웠고, 장비를 손질하고, 의상을 점검했다.

나는 첫 홀의 티잉그라운드에 올라서서, 덜덜 떨면서 말했다. 꿈만 같다고……

나는 지금 한양컨트리클럽에서 열 번도 넘게 라운드를 해보았다. 높은 티잉그라운드에 올라서서 페어웨이가 아닌, 저 멀리 황금물결 출렁이는 논들을 바라보며 그 시절을 떠올려보기도 했다.

말을 타면 견마를 잡히고 싶은 것인 인간의 욕심이던가.

지금, 내 꿈은 더욱 부풀어서 아직 못 가본 안양 베네스트컨트리클럽을 비롯하여 전 세계의 유명하다는 골프코스는 다 밟아보는 것이다.

천국과 지옥

창 밖에는 비가 내린다. 하늘 한 귀퉁이가 찢어진 듯 장대비가, 아니 기둥비(이런 단어는 사전에 없지만 장대처럼 쏟아지는 비를 장대비라 한다면, 하늘과 땅을 잇는 물기둥이 선 듯이 퍼붓는 비를 나는 기둥비라 부르고 싶다.)가 땅을 헐어내고 있다.

오늘은 골프 약속이 있었다. 골퍼들의 골프 약속은 칼처럼 예리하다. 비가 오나 바람이 부나 번개가 치나 티오프 시각 삼십 분 전에 클럽하우스 집합이다. 예외는 골프장의 휴장뿐이다.

엊저녁의 호우주의보가 오늘 아침에 호우경보와 낙뢰주의보로 바뀌면서 골프장 측으로부터 휴장 통고가 왔다. 비옷과 우산과 장갑도 다섯 개나 챙겨 넣었는데, 맥이 풀렸다. 오늘 하루는 할 일없는 백수가 되어버린 것이다.

하긴 기상대에서는 일주일 전에 오늘의 장마와 태풍을 예고했었다. 그러나 기상대의 일기예보가 미쓰샷이기를, 기상이변이 일어나기를 소망하며 부킹을 따내는 사람들이 골프광이지 않은가.

골퍼들에게 물어보라. 내일의 일출은 몇 시이며 일몰은 몇 시 몇 분인지, 다음 주 수요일의 최고 기온과 강수확률과 강수량이 얼마나 될 것인지에 대해. 골프장의 부킹 시각은 일주일 전에 결정되기 때문에 대부분의 골퍼들은 일주일 후의 날씨에도 예민하다.

무엇을 할까. 옷장에 좀약도 넣어야겠고, 우편물들도 찬찬히 살펴봐야겠고, 밑반찬도 몇 가지 장만해야겠고, 청탁 받은 원고도 미리 써놓으면 마감날 임박해서 밤샘을 하지 않아도 되련만…….

그러나 아무것도 하기 싫다.

골프백에서 채를 꺼낸다. 엊저녁에 닦은 채는 잘 벼린 도끼날처럼 빛난다. 장갑을 끼고 그립을 쥔다. 어드레스, 왜글, 테이크백, 저절로 백스윙이 시작된다. 거울에 스윙폼을 비쳐보고 몸을 왼쪽으로 꼬았다가 풀어본다.

퍼터를 꺼낸다. 퍼팅매트 위에는 흰 공이 기다리고 있다. 나는 공을 가지고 논다. 가까이도 멀리도 보내본다. 공의 엉덩이를 차보기도 하고 발목을 때려보기도 한다. 가다가 서 있는 공을 다른 공으로 밀어보기도 한다. 이내 싫증이 난다. 지루하고 허리가 아

프다.

창가에 의자를 옮겨놓고 앉는다. 유리창에 조롱조롱 맺히는 빗방울을 바라본다. 창 밖의 풍경이 호수에 비친 물그림자처럼 어른거린다. 나른하게 졸음이 몰려온다. 눈꺼풀은 내리 덮이지만 여전히 퍼터는 쥐고 있다.

> 님 찾아 꿈길을 가니 그 님은 나를 찾아 떠나
> 밤마다 오가는 길 언제나 어긋나네

이후란 같이 떠나서 노중봉(路中逢)을 하고저.
— 황진이의 꿈

시냇물이 바위틈을 흐르는 소리를 따라간다. 햇빛을 걸러주는 잎이 무성한 나무 그늘을 따라 걷는다. 나는 지천으로 널린 풀을 훑어 씹어본다. 맞닿은 이의 끝을 찌르는 풀의 독향에 나는 잠시 아찔하여 눈을 감는다. 눈을 뜨니 내 앞에 한 남자가 서 있다. 어디선가 만난 듯 낯설지 않은 얼굴이다.

"어서 오세요. 기다렸어요."

나는 남자와 그루터기에 앉는다.

"여기가 어디에요? 전 시냇물을 따라왔는데요."

"여긴 지옥이에요."

남자의 말에 나는 고개를 휘돌려 사방을 돌아본다. 싱그러운 나무의 숨결, 재잘대며 굴러가는 시냇물 소리, 온몸을 휘감아오는 꽃향기에 숨이 막힌다. 화려한 깃을 뽐내는 새들이 나뭇가지에서 우리를 환영하듯 지저귀고 있다. 발밑은 비다듬어진 잔디이다. 우리는 지극히 아름다운 골프코스 한가운데 앉아 있는 것이다.

"여긴 천국…… 아닌가요?"

진한 향기를 뿜어내며 요염하게 피어있는 꽃송이에 코를 묻으며 내가 말한다.

"아닙니다. 여긴 지옥이에요".

그는 이야기를 계속한다.

"저는 하느님을 만났답니다. 하느님이 제게 천국과 지옥 중에서 가고 싶은 곳을 택하라 했습니다. 저는 천국이건 지옥이건 골프장이 있는 곳으로 보내달라고 했지요. 그래서 제 소원대로 온 곳이 여기 지옥입니다."

"여긴 파라다이스에요. 어찌 이런 곳이 지옥일 수가 있어요?"

그는 내 눈을 들여다본다. 그리고 한숨을 길게 푼다.

"지옥은…… 골프장만 있고 골프채는 없는 곳입니다."

바라만 보는 골프장이 있는 곳, 골프장은 있으되 골프는 할 수 없는 곳, 좋아하는 골프를 할 수 없는 이곳은 정녕 지옥인가…….

그렇다면 골프장과 골프채, 이 두 가지 중에서 어느 것이 더 필요한 것일까. 골프장만 있고 골프채는 없는 곳이 지옥이라면, 골프채만 있고 골프장은 없는 곳, 그 곳은 지옥인가 천국인가. 그리고 골프채도 골프장도 없는 곳은.

"제가 천국을 보여드리죠."

내가 지금 무슨 생각에 골몰하고 있는지 다 알고 있다는 듯, 그가 내 손을 잡아 이끈다. 그가 안내한 곳은 저잣거리이다.

행인의 왕래가 빈번한 지저분한 지하도에서 남루한 행색의 사내가 구걸을 하고 있다.

"저 거지의 천국은 바로 이곳이랍니다."

도박 골프에 재산을 탕진하고 거지가 된 사람이라고 한다. 신문지를 깔고 그 위에 엎드려서 구걸을 하는데 깡통에 동전 떨어지는 소리를, 아니 홀에 공이 홀인하는 소리를 하루에 열여덟 번이 아니라 셀 수도 없이 듣는다고 한다. 상상의 나래를 펴고 달려간 추억의 골프코스에서, 그린 위를 지쳐간 공이 상쾌하게 홀 안으로 떨어지는 소리에 고개를 들어보면, 깡통 안에는 돈이 고여 있단다. 그러므로 내 삶이 얼마나 행복하냐고, 나는 천국에서 사는 것이라고, 거지는 주장한단다.

"어쩌면 천국과 지옥은 마음속에, 그리고 현실에 공존하는 것인지도 모르지요. 물론 좋은 골프장에서 좋은 벗과 어우러져 골프를 즐긴다면 그야 말로 금상첨화, 그게 천국 중의 천국이겠지만요."

갑자기 눈앞이 환해지며 시퍼런 칼날이 하늘을 갈기갈기 찢는다. 뒤이어 달려온 뇌성벽력이 고막을 진동시킨다. 나는 소스라치게 놀라 남자의 품으로 뛰어든다.

낮잠 속의 짧은 꿈이었나. 나는 놓쳐버린 퍼터를 줍고 거실 바닥에 굴러다니는 공들을 모으기 시작한다. 빗발은 더욱 거세게 창문을 난타한다.

홀인원

내가 가입해 있는 통신골프동호회에 홀인원 모임이 생겼다. 우리 동호회는 온라인상으로 가입한 회원이 삼천 명이 넘고, 각종 월례회나 번개(즉흥적으로 이루어지는 만남)라운드에 참석하는 회원만도 줄잡아 사백 명 선인 대규모 집단이다. 봄, 가을로 열리는 정기대회에는 이백오십 명이 모여서 북적댄다. 다섯 내지 열 조, 그러니까 적게는 스무 명 많게는 마흔 명이 모여서 라운드를 하는 월례회만도 열두 개이다. 싱글핸디캐퍼의 모임도 결성이 되었고, 새내기, 시니어들도 끼리끼리 뭉쳐 모임을 만들더니 드디어는 홀인원 모임까지 생겼다.

새내기 모임이란 골프에 갓 입문한 신참들의 모임이다. 누구나 빠져 나오고 싶어 한다. 그러나 새내기의 설움을 당하고 있는 사람들에게 선참자로서 보모 노릇도 가끔은 해주어야 하므로, 나는 새내기 모임에도 일 년에 한 번 정도 참석해준다.

시니어 모임은 말 그대로 경로 모임이다. 영원히 늙고 싶지 않은 나는 영원히 가입하고 싶지 않은 모임이다.

싱글핸디캐퍼 모임은 줄여서 싱글 모임이라 부르는데, 여자에 한해서 핸디캡 13까지 받아준다고는 한다. 그러나 남자는 챔피언 티, 여자는 레귤러 티에서 치는 것 외에는 핸디캡 13과 핸디캡 1이 맞대결을 하는 지옥이다. 그리고 죽음을 불사한 내기가 이루어지는 냄새도 풍기는 살벌한 모임이다. 그런 곳이므로 나는 '잘들 놀아라' 하는 식으로 라운드 뒷얘기에만 귀를 기울인다.

홀인원을 해본 사람으로 가입자격 요건을 제한한 홀인원 모임은 아직 회원이 일곱 명밖에 안되기 때문에, 파4홀 이글이나 파5홀의 어프로치 이글을 해본 사람까지 포함해서 세력을 확장할 조짐을 보이고 있다. 세력만 불린다면야 배알이 꼴릴 까닭이 없겠다. 하지만 이들은 홀인원이 무슨 벼슬이나 되는 것처럼 거들먹거리면서 내게서 사촌이 땅을 사면 나타나는 증세를 유발시키는 것이다.

일곱 번째 회원이 탄생하는 잔칫날이었다. 잔치에는 사흘쯤 굶고 가서 술이건 고기건 닥치는 대로 먹어주는 게 축하하는 길이다, 라는 신조로 오늘날까지 살아온 나는 목까지 차올라오게 먹고 마신 뒤 숨을 씩씩 몰아쉬며 간신히 축하합니다, 라고 한 마디 했다.

"아무나 하는 줄 아슈?"

분명 야유의 언사이다.

"누군 머리 올리러 가서 홀인원 했다는데요."

크윽, 트림까지 딸려서 되쏘아주었다.

"일단 한 다음에 얘기합시다."

참으로 복창 터지게 만든다.

홀인원이야 구력이나 실력으로 되는 것도 아니고 순전히 운이다. 그러나 행운의 여신도 맞을 준비가 되어있는 사람을 찾아간다. 구력이 오래된 사람, 실력이 좋은 사람이 홀인원을 할 확률이 높다는 뜻이다. 아마추어에게는 평생에 한번 올까말까 한 행운이지만, 대부분의 프로골퍼는 서너 번의 홀인원 전력을 가지고 있는 것만 봐도 그렇다.

나는 구력으로 치면 십 년도 더 되고, 라운드 횟수도 만만치 않고, 실력도 뒤지지 않는다. 홀인원을 하면 백만 원을 탄다는 보험도 다섯 번이나 들었다. 홀인원을 꿈꾸며.

"여보, 나 홀인원 해도 되는 거예요?"

날아갈 듯이 상쾌한 기분으로 필드를 향하는 날 나는 장난삼아 남편에게 물었다.

"왜 그걸 나에게 물어?"

"홀인원은 내가 하지만 돈 깨지는 건 당신이니까?"

"당신의 홀인원이 나의 운명이라면 감수해야지. 당신도 이글이건 홀인원이건 한번 할 만큼 잔디를 밟았잖아. 해보라구."

홀인원 잔치의 뒷돈은 대주겠다는 말이다. 참으로 갸륵한 심성을 가진 남자다.

남편이 첫 이글을 기록했던 날이 떠오른다.

남편에게 이글은 행운이자 재앙이었다. 스무 명의 회원들에게 저녁과 술을 샀고, 같은 조의 동반자들에게는 거기에 더하여 옷까지 한 벌씩 빼앗겼다. 회원의 옷가게에 가서 제멋대로 골라 입고 계산서는 불쌍한 내 남편에게 넘긴 것이다.

나는 홀인원이 이루어지는 장면을 본 적도 있다. 이리컨트리클럽에서였다. 언덕의 내리막에 그린이 있는 파3홀에서 우리 일행은 모두 그린에 공을 올려놓고 그린 밖으로 물러서서 뒤 조에게 공을 쳐도 좋다는 신호를 보낸 다음, 날아올 공을 기다리고 있었다. 그때, 어디선가 공 하나가 맥 빠지게 슬슬 기어오더니 그린 한가운데서 사라졌다. 깃대를 타고 홀 속으로 기어들어가는 하얀 공이 나 뿐만이 아니라 동반자 모두의 눈에 박혔다. 히야, 탄성이 절로 나왔다. 신기한 장면이었다.

한동안 홀인원 패션이 유행하기도 했다. 숙녀월례회에서 한 회원이 홀인원을 했는데 그 여자는 검은 바지에 검은 티셔츠, 검은 장갑과 모자, 그리고 머리를 묶은 고무줄까지 검정 일색이었다.

"검은색이 홀인원을 부르는 색인가 보다."

한 여자가 중얼거렸고, 다음 라운드 때는 너나 할 것 없이 검은 의상으로 행운의 여신을 부르려 했다.

언젠가 한번은 3번 우드로 친 공이 둔덕을 맞고 그린 위의 깃대를 향하여 비틀비틀 굴러가다가 연기처럼 꺼졌다. 정말 홀인원인 줄 알았다. 내리막이어서 티잉그라운드에서도 그린이 보였기에 공이 사라질 까닭은 홀인원 밖에 없다고 믿었다.

"공이 깃대 때문에 바닥까지 내려가지 못하고 끼어있을 거예요."

공이 굴러 떨어지는 소리를 못 들었음이 좀 찜찜했어도 캐디의 말에 희망을 걸었다. 두근두근 뛰는 가슴을 누르며 가까이 가서 보니 홀에서 딱 일 센티미터 떨어진 곳에 공이 다소곳하게 쉬고 있는 게 아닌가.

공교롭게도 앞쪽에서 보면 깃대 뒤쪽, 더구나 깃대의 그림자 밑에 공이 숨어 있어서 그린에 올라서는 순간까지 나는 속았었다. 내가 홀인원의 환상에 빠져 있었던 시간은 어림짐작으로 오 분쯤이었다.

"여보 나 사고쳤어."

나는 먼저 남편에게 전화를 걸어 이렇게 놀래줄 작정이었다. 그리고 뭐가 뭔지 감이 잡히지 않아 불길한 상상에 사로잡힌 남편에게 조용히 일러 줄 것이다.

"나, 에이스샷. 홀인원했어. 지금부터 바빠. 오늘 자정 전으로는 집에 못 들어갈거야. 카드로 긁을 거니까. 당신 기절은 하지 마."

동반자와 캐디의 사인을 받아 보험회사에 연락을 하고…… 여지껏 필드에 나올 때마다 동반자에게 부르짖어왔던 대로, 영양가 없는 기념패보다는 목에 걸 수 있는 금메달을 해달라고 재차 압력을 넣고…… 18홀을 마치고 나면 클럽하우스에 장미꽃다발과 샴페인이 대령해 있을 것이니…… 룰루랄라…… 나는 오 분 동안 즐거웠다.

"깃대를 흔들어서 공을 바닥까지 내려가게 하고 조심스럽게 깃대를 뽑으세요. 깃대에 공이 딸려 나오면 홀인이 아니예요. 그리고 홀인원 공은 그냥 꺼내면 안 된대요. 그린에 신발 벗고 모자도 벗고 올라가서 홀 앞에서 큰절을 한 다음에 공을 꺼내서 키스를 하는 거래요."

캐디의 종알거림을 들으며 티잉그라운드에서 그린까지 150미터를 걷는 동안 가슴이 설레었다. 나는 진정 맨발로 그린에 오르기 위해 구두끈을 끄르려 했었다.

"그것도 중요하지만 일단은 수금을 해야 하니까. 버디는 물론 한 점 추가, 이글은 다섯 점, 홀인원은 스무 점 추가라고 했던가요? 맞죠? 빨리 계산해 봐요."

이렇게 외치려던 순간이었다.

아, 재물에 눈이 어두운 여자는 행운의 여신에게 외면당한 것이다.

"오우 케이, 나이스 버디."

누군가가 외쳤지만 하나도 즐겁지 않았다. 허전했고 마냥 아쉽기만 했다.

"전에도 한 번 한 뼘도 안 되게 붙었잖아. 돼지머리 삶아놓고 고사를 지내든지 푸닥거리를 한 번 해봐. 뭐가 잦으면 뭐가 된다던데.

그날 나는 위로의 인사를 받기에 바빴다.

해가 뜨지도 않은 미명부터 그린이 깜깜한 어둠에 잠길 때까지 삼천 개의 공을 친 사람이 있다고 한다. 하루종일 한자리에서 한 구멍을 향해 손에 물집이 잡힐 때까지 공을 날렸는데도 끝내 홀인원은 하지 못했다는 기록이 있다.

내게도 홀인원이 행운이 될지 재앙이 될지는 모르겠으나, 좌우간 해보고 나서 뒷얘기를 계속해야겠다.

빨라면 빨겠는데, 불 줄은 몰라요

18홀을 라운드하고 샤워까지 마치고 나면 시원한 맥주가 그립다. 맥주만 그리운 것이 아니다. 왕성하게 솟는 식욕을 주체하기 어렵다.

나는 골프라운드 전에 굳은 결심을 한다. 그늘집에서도 허기지지 않을 만큼만 먹고, 운동이 끝난 후에도 평소의 식사 분량대로만 먹겠다고, 매번 다짐을 한다. 하지만 잘 지켜지지가 않는다. 입맛이 당기기 때문이다. 나는 라운드 도중에도 한겨울에는 따끈한 청주의, 한여름에는 시원한 생맥주의 유혹을 이겨내지 못한다. 결심은 맛있는 음식을 보는 순간 사라지고 포만감과 취기가 올라올 때쯤 결심의 기억도 후회도 찾아온다.

소위 말하는 '발동이 걸린다'는 것인데, 제어를 할 수 없는 상태에 이른다는 뜻이겠다. 에라 모르겠다, 내일 당장 뚱보라는 소리를 들을지라도 먹을 수 있을 만큼 먹고, 밤새 냉수를 퍼마시며 부대끼더라도 마실 수 있는 만큼 마셔버리는 것이다.

그렇게 신나게 먹고 마시고 떠들다가 문득 한순간 정신이 들면 삼수갑산에 갇혀있음을 깨닫는다. 운전을 해야 하나 말아야 하나의 첩첩산중에서 길을 잃고 헤매고 있는 것이다.

기상천외한 발상들이 나온다.

"술 덜 마신 사람의 차가 앞장을 서고 그 차의 꽁무니에 나머지 차를 새끼줄로 굴비 두름처럼 엮는 겁니다. 앞차는 끌고, 견인되는 차에 앉아있는 사람은 계속 술병을 빨면서 가면 됩니다."

눈이 반쯤 풀린 최 박사가 안을 내놓았다.

"열 대쯤 엮어서 굴비사려 가 아닌 똥차 사려를 외치면서 가면 더욱 효과가 있겠네요."

머리 좋고 유머감각이 있는 최 박사의 발상이었지만 아무도 동의하지 않았다.

"차를 버리고 그냥 가? 대리운전을 시켜? 전화를 해서 마누라를 불러? 은단 한 갑을 왕창 먹고 측정기를 불면 괜찮다던데."

술에 취해서 로뎅의 생각하는 사람보다 더 심각하게 얼굴의 근육을 쥐어짜고 있는 박 총무는 아직도 결단을 못 내리고 있다.

"지난번에요, 술집 골목에서 차를 막 발진시키는데 음주측정기를 든 젊은 경관과 딱 마주쳤어요. 내가 그랬죠. 경관인지 의경인지에게요. 이거 봐요, 난 엄마 젖부터 시작해서 평생 동안 빨기만 해봤지 불어본 적은 없단 말이에요. 남자가 여자보고 불라고 하다니. 당신 남자요? 빨라면 빨겠는데, 난 불 줄은 몰라요."

노처녀 심 차장은 여장부다. 능히 애송이 경관쯤이야 어르고 뺨칠 만하다. 취기로 눈까지 빨개진 심 차장은 한 손은 허리에 처억 걸치고 남은 손으로는 삿대질까지 했을 것이다.

"그랬더니요?"

최 박사가 추임새를 단다. 구미가 당기는 표정이다.

"경찰이, 먼 소리가 먼 소리인지 알아듣지 못하고 헷갈리고 있을 때에 내뺐죠."

심 차장의 평소 소행으로 봐서 그러고도 남았으리라.

"그건 여자니까, 통할지도 모르겠지만, 그래도 심 차장 정말 그랬다면 아마 지금 지명수배 전단이 뿌려졌을 텐데. 오늘은 얌전하게 택시로 귀가하심이……."

나는 그냥 택시를 타고 가기로 결정하고 남은 맥주를 다 들이켰다. 역시 목젖을 애무하며 내려가는 액체의 감촉은 일품이다.

그렇지만 내일 아침 차를 찾으러 여기까지 와야 하는 수고가 남았다. 술이 취해서 간덩이도 부었는데 그냥 몰고 가버릴까, 나도 갈등한다.

나는 남몰래 음주단속에 대한 비상대책을 세워놓았다.

내가 속해있는 문학단체에 시인이자 경관인 회원이 있는데 인사를 나누면서 명함을 받았다. 그날 나는 취기가 올라 있었기에 농담 삼아 한 마디 던졌다.

"저 혹시 음주운전이나 속도위반에 걸리면 이 명함 내보이면서 박 경사님과 내연의 관계라고 할 테니까, 저 모른다고 발뺌은 마세요."

언질을 줘서 다시 한번 내 이름을 상기시켰다.

"잘 못했다가는, 뺨 세 대 맞고 해결 날 일을, 곤장 백 대로 키우지나 마십시오."

"에이…… 어떻게 좀 돕고 살자니까요."

그 경관 시인은 만면에 웃음을 띄우면서 명함을 한 장 더 줬다.

"이건 부군께 드리세요."

내연관계라고 주장하겠다는 여자의 남편에게 명함을 주라는 남자의 저의는 무얼까 궁금했다. 그러나 나는 남편에게 그 명함을 전했다.

"당신도 이 명함을 운전면허증하고 같이 가지고 다니래요. 근데 명함 주인하고 어떤 사이냐고 물으면 뭐라고 할래요?"

"동서라고 해야지."

무슨 동서인지는 나도 헷갈린다. 그래도 급하면 하느님, 부처님, 공자님, 마호메트님이라도 찾아서 임기응변은 해야 하리라. 그때, 명함은 액운을 막아주는 부적이 되어줄지도 모르겠다.

나는 운이 좋았는지, 아직 음주운전 단속에 걸려본 적이 없다. 그래서 진짜로 그런 헛소리가 통할 것인지 알 수가 없다.

아니 음주단속에 딱 한 번 걸려본 적이 있다. 그러나 내게 음주측정기를 들이 댄 사람은 제복을 입은 경관이 아니다. 더욱이, 음주단속을 할 만한 장소도 아니었다. 나는 골프장에서 골프채 가방을 실은 전동카트를 운전하다가 그런 해괴한 일을 당했다.

솔직히 고백하건데 나는 그늘집에서 청주 한 잔을 동반자와 나누어 마셨을 뿐이고, 다음 홀로 이동하기 위해 운전대를 잡았다. 그리고 콧노래를 흥얼거리며 산길을 속력을 내서 달리다가 커브 길에서 카트를 계곡으로 처박는 사고를 낸 것이었다.

"어디 다치신 데는 없습니까?"

캐디의 연락을 받고 달려온 진행요원은 친절하게 나의 안부를 물었다. 아니 카트의 안부를 물었다. 그리고 내게 운전면허가 있는지 물었다. 당연히 나는 운전면허가 있다. 2종 보통면허도 있고, 여자로서는 갖기 힘든 대형면허까지 있다. 나는 운전면허증을 보여주었다.

"음주…… 하셨죠?"

그가 코를 킁킁거리며 나를 째려봤다. 나는 어안이 벙벙해졌다. 카트는 운전면허가 있는 사람만 운전대를 잡을 수 있다는 것도 나는 안다. 그렇지만 술을 마시고 운전을 하면 안 된다는 규정이 골프장의 카트에도 적용된다는 사실은 정말 몰랐다.

결과만 얘기하자면, 나는 망가진 카트 값을 변상했을 뿐만 아니라 골프장에서 일어난 사고임에도 불구하고, 골프장 측에 치료비도 청구를 못했다. 하도 정신이 없어서, 시인 경관이 준 명함도 못 써먹었다. 심 차장처럼, '빨라면 빨겠는데, 불 줄은 몰라요.' 이런 큰소리도 못 쳤다. 단지 음주운전으로 인한 벌금도 물지 않았고 벌점도 받지 않았고 면허정지도 당하지 않았음을 천우신조라고 기뻐했다.

어떤 대학의 축제에서 불조심에 대한 표어를 공모했는데 일등으로 당선된 표어는, '불날 것은 쓰지 말자.' 였다. 음주단속을 피하는 방법은 단 하나이다. 음주운전은 안 한다, 아니면, 술은 안 먹는다, 이게 정답이다.

②

Golf & Sex

두 가지 스포츠의 기본요소는 심(心) 기(技) 체(體)이나, 그 중에서 심(心)이 가장 중요하다

0홀

클럽하우스

천일야화(千一夜話), 일명 아라비안나이트는 동서고금을 망라하여 성서에 버금가게 많은 사람들이 읽은 불후의 명작이다.

천일야화의 내레이터는 셰헤라자데이다. 그녀는 천일 동안 밤마다 하루도 쉬지 않고 술탄에게 이야기를 들려줌으로써 목숨을 부지한다. 그녀는 살아서 아침을 맞으려고 필사적으로 이야기를 지어낸다. 술탄에게 들려줄 이야기가 떠오르지 않는 밤, 그녀는 죽살이에서 도망칠 궁리를 했을 것이다.

옛날 중국의 어른들은, 삼십육계주위상책(三十六計走爲上策)이라는, 참으로 지혜로운 군사적 전술을 후대에 전하셨다. 또, 손자님이 남긴 병법책에도, 지피지기이면 백전불태(知彼知己百戰不殆)라고, 상대편과 나의 약점과 강점을 충분히 알고 승산이 있을 때 싸움에 임하라는 심금을 울리는 명언이 나온다.

나는 적에게 현금지급기가 되는 바보 같은 짓은 하지 말라는 손자님의 현명한 가르침을 가슴에 깊이 아로새기고 있다. 그래서 실력이 못 미쳐서 당하기만 했던 상대와 우연히 마주쳤을 경우, 뒤도 안 돌아보고 36계 줄행랑을 친다.

그러나 얄궂게도 원수는 외나무다리에서 마주친다는 우리나라 속담도 있다. 피치 못할 상황에서 마주친다는 말이다. 외나무다리에서 마주친 쥐와 고양이, 허나 쥐도 막다른 골목에 몰리면 고양이를 문다.

나는 꺽정 씨와는 천지가 개벽하기 전에는 같이 라운드를 안 할 작정이었다. 아무리 핸디를 많이 준다고 해도, 열여덟 점 이상이야 받을 수 없지 않은가.

나의 구력은 십 년이 넘고, 지금은 팔꿈치 부상으로 한 접을 넘나드는 타수를 기록하지만, 나도 한때는 상종가 주식처럼 잘 나갔었다. 알량한 자존심 때문에라도 열여덟 개 이상의 핸디는 받지 않겠다는 말이다.

그러나 밥 먹듯이 언더 파를 치는 꺽정 씨에게 열여덟 개의 핸디를 받아봤자 9홀도 돌기 전에 다 나간다. 배판에서 깨지고 버디 값에 죽는 것이다.

물론 꺽정 씨와 내기를 안 하면 된다. 아예 함께 공을 안치면 문제는 더욱 간단하다. 그래서 피해 다니는데, 이 웬수와는 꼭 외나무다리에서 마주치는 것이다.

언더파를 치는 남자가 동반자가 없어서 겨우 보기플레이나 하는 여자를 찾는다는 사실이 믿어지지 않을 것이다. 모르시는 말씀이다. 아마추어로서 프로를 능가하는 실력이기에 그는 왕따가 되어버렸다. 그의 명성을 들은 골퍼라면 당연히 그를 피한다.

경희의 차에 실려 골프장에 도착할 때까지만 해도 꺽정 씨가 동반자로서 등장할 줄은 짐작도 못했었다. 경희가 자기의 동창생인 민호 씨와 그의 친구를 데려오겠다고 했었다. 내가 알 턱이 없는 사람, 나를 알 턱이 없는 사람이려니 했다.

티오프 시각까지 여유가 있어 퍼팅이나 연습하려고 내려오던 중이었다. 누군가 내 앞을 가로막았다. 꿈에서 내가 그리던, 아니 꿈속에서도 나를 쫓아다니던 꺽정 씨였다.

"옳게, 제대로, 자알, 만났습니다."

모자를 반쯤 벗었다가 머리에 내려놓으며 그가 얼굴에 희색을 띠었다.

"어떻게…… 몇 시 티오프에요?"

오랜만이어서 인지, 수년 동안 박 터지게 싸움질을 하면서도 정이 들어서인지 그의 출현이 반가웠다. 아니 그와 같이 골프라운드만 안 한다면 안 반가울 까닭이 없었다.

"열 시 삼십칠 분."

"우리하고 시간이 같네요. 우린 아웃 출발인데, 인이에요?"

그가 웃음으로 대답을 얼버무리며 퍼팅그린에서 목하 연습 삼매경인 민호 씨를 향해 손을 흔들었다. 세상에나, 민호 씨와 껍정 씨가 친구였다니.

"전과 동일하게 진행하는 거죠?"

그가 당당하게 말했다.

"안 해요. 승산이 어림쳐서 반푼어치도 안 되는 짓을 내가 왜 하겠습니까?"

백전백패의 싸움에 붙을 어리석은 인간은 없다. 꼬리를 내리는 내 가슴은 찢어질 것만 같다.

"배팅이 없는 골프는 겨자 빠진 냉면인데⋯⋯."

심기를 건드리는 못된 버릇도 그의 특기이다.

"또 채 빼앗아 가려고 그러죠?"

지난번에 내가 지갑을 몽땅 털리고 항복을 해버리자 그는 내 드라이버를 강탈해갔다. 나는 드라이버를 찾아오는데 자칭 조직폭력배 두목이라는 친구의 오빠에게 도움을 구했었다.

이 순간에 나는 그의 악행을 고발하지 않을 수 없다.

과거에 껍정 씨는 심심하면 나를 유혹했었다. 나는 그의 꼬임에 빠져 회원권이 강남의 40평 아파트 값보다도 비싸다는 골프장이랑, 여성티를 엄청나게 앞으로 뽑아놓아서 여성 골퍼의 천국이며,

백남준의 비디오아트를 설치한 클럽하우스가 미술품 전시장보다 예술적이라는 골프장들을 두루 섭렵했다.

덕분에 달력에서나 봄직한 환상적인 골프코스를 밟으며 난생처음 이글의 순간도 목격하는 행운을 맛보기도 했다. 대신에 수업료는 톡톡히 치렀다.

햇빛은 창살처럼 내려 꽂히고 잔디는 목이 말라서 아사 직전인, 지난 여름날이었다. 껀정 씨가 더위에 약한 줄을 처음으로 깨달은 날이기도 했다. 껀정 씨는 첫 홀부터 물과 소금을 연신 먹어대면서 절인 배추처럼 맥을 못 추었다.

내 공은 내 마음대로 조종이 되었고 껀정 씨의 공도 역시 거의 내 마음대로 조종이 되었다. 제18홀 티잉그라운드에 오르기 전에 뒷주머니에 손을 찔러 지폐를 헤아려보니 얼추 하루 품삯은 번 것 같았다.

"땄죠? 마지막 홀인데 따따블 합시다."

내 주머니 속의 계산을 끝낸 껀정 씨가 말했다. 내 옷도 땀에 절어 허옇게 소금기가 배어있긴 마찬가지지만 콧노래가 나오려는 판이었다. 진실하게 고백하거니와 나는 그 알토란 같은 돈을 고스란히 챙기고 싶었다.

거부의 손사래를 치려는 순간 나머지 동반자들이 나를 배신하고 껀정 씨의 제안에 찬성표를 던졌다. 그 다음의 뼈아픈 기억을 털어놓자면, 새처럼 여린 심장을 가진 나 혼자서 더블보기를, 껀정 씨는 버디를, 나머지 동반자들은 파를 했다.

해가 얼추 서산으로 기울어 잔디가 생기를 머금기 시작하니까 덩달아서 꺽정 씨도 기운을 되찾은 것이다. 삼손의 머리가 자라기 전에, 아니 꺽정 씨가 힘을 쓰기 시작하는 황혼이 오기 전에 상황을 종료해야 함을 나는 몰랐다. 그린에서 퍼터로 공의 뒤땅을 쳤다면 내가 얼마나 초조했었는지 설명할 필요가 없겠다.

"돈이 아까우면 몸으로든지 입으로든지 때우시죠."

그가 깐죽댄다. 실력이 된다면 확 밟아주고 싶다. 그럴 수만 있다면 얼마나 통쾌하랴. 그 통쾌한 감격을 글로 적어 자자손손 대대로 물리고 싶다.

"몸으로 때운들 파출부 밖에 더하겠어요. 팔꿈치 부상으로 빨래는 자신이 없으니까 내기 방법을 바꿉시다. 서로 가지고 있는 걸로 때우기로 합시다. 꺽정 씨야 골프 실력으로 밀어붙이고, 나는 입심으로 뭉개고."

"이거, 내가 김 작가 흉계에 휘말리는 것 같은 심상찮은 예감이 드는데."

그가 공으로 퍼터 헤드를 톡톡 두들기며 미적거린다. 그의 공에는 검은색의 숫자가 박혀있다. 아마추어에 비해 헤드스피드가 빠른 남성전문가용 공이다.

"있는 재주로 막아보겠다는 거죠. 홀마다 재미있는 이야기 하나씩 해드리죠."

내기만 안한다면 그와 함께 골프를 하고 싶다. 아군과 적군으로의 적대관계가 아니었을 경우, 그는 자상하게도 고수로서 하수를 지도하고는 했다.

"김 작가 언변으로 봐선 내가 밑지는 장사인데."

"대신에 버디값은 따로 계산해 줄 테니…… 좋죠?"

궁여지책으로 나는 아라비안나이트의 세헤라자데처럼 한 홀이 끝날 때마다 한 가지씩 '골프와 섹스의 공통점'을 대기로 했다. 목숨과 바꾸자는 뜻이 아니다. 돈과 바꾸자는 뜻이다.

그가 손익계산을 따져보느라 손가락을 폈다 오그렸다 하더니 잠시 후에 외쳤다.

"열여덟 개는 다 못 대겠죠. 좋아요. 합시다."

Golf & Sex

처음엔 강하게, 갈수록 섬세하게 정성을 다하여 공략해야 한다

제1홀

파4. 295미터. 핸디캡16. 좌측으로 굽은 형세의 하향 홀이지만 송림에 가려 그린이 보이지 않음. 우측은 오비. 송림을 넘길 만큼 탄도가 높은 드라이버 샷을 구사한다면 원온을 노려볼 만도 함. 그러나 낮은 탄도의 구질이라면 공은 소나무 가지에 걸려 숲에서 길을 잃을 수도 있음.

하늘은 구름 한 점 없이 깨끗하게 비어있다. 소슬바람이 머리카락 몇 낱을 기분 좋게 띄워 올린다. 바람결에는 거름냄새도 희미하게 실려 있다. 발 아래 멀리 내려다보이는 마을이 거름냄새의 근원지인 것 같다. 거름냄새는 비록 코에 닿는 느낌은 고약할지라도 어릴 적 고향의 향수를 불러일으키는 포근함이 있다. 어린 날, 뒷산에 올라 쌉싸름한 옹달샘 물로 목을 축이고 버려진 무덤가의 풀밭에 누워 바라보던 하늘, 그 시리도록 맑은 가을하늘이 오늘도 똑같이 광목자락처럼 펼쳐져 있다. 나는 지금 풀숲을 뒤져 메뚜기를 잡고 싶다.

"아너*를 정해야죠?"

민호 씨가 쇠막대기를 뽑아들며 말했다.

"우리 제비뽑기로 하지 말고 딴 방법으로 아너를 정하자구요."

첫 홀에서 특이한 방법으로 아너를 정하자고 우기는 건 경희의 버릇이다.

"아무리 신호등이 있어도 교통순경의 수신호가 우선이니까, 우리도 로컬룰을 앞지르는 규칙을 정하면 되지 머. 경희야 너 하고 싶은 방법을 제안해봐. 만장일치로 따라 줄 테니."

경희는 물지게를 진 형국으로 드라이버를 양쪽 겨드랑이 사이에 끼우고선 몸통을 좌우로 돌려보고 있다.

"오늘은, 잘 생긴 순서도 아니고, 살 많은 순서도 아니고, 우린 다 같은 동갑내기이니까 정신연령이 높은 사람부터 칩시다. 자, 정신연령이 우리 넷 중에서 제일 높다고 자신하는 사람부터……."

"그럼 이 몸을 아너로 모시겠습니다."

꺽정 씨를 아너로 만들려는 경희의 계략인 줄을 나는 미리 알았다. 그 계략에 말려들어 꺽정 씨는 자랑스럽게 티잉그라운드로 오르고 있었다.

낚시꾼은 절대로 천당엘 못 간다고 한다. 놓친 고기에 대해 터무니없는 거짓말을 하기 때문이다. 그렇지만 낚시꾼 중에서 팔이 짧은 사람은 구제받을 확률이 높다고 한다. 이 미터가 넘는 고기였다고 거짓말을 하고 싶어도 팔은 고작 일 미터 남짓이나 뻗을 수 있을 뿐이니까.

그럼 골프꾼들은 어떤 거짓말을 할까.

꺽정 씨가 언젠가 낚시꾼처럼 말했었다. 첫 홀에서 드라이버가 제대로 맞았더니 그린에서 퍼트 중인 사람의 머리 위로 공이 날아갔다고. 그래서 맞아 죽을 뻔 했다고.

그 말을 들었을 때, 나는 먼저 진위여부가 궁금했고, 두 번째로는 그린에 있던 앞 조가 공에 맞아 죽을 뻔했는지, 공을 날린 꺽정 씨가 앞 조에게 매 맞아 죽을 뻔했는지 분간을 못했다.

아무리 티잉그라운드에서 그린까지 내리막이라고는 하지만 인간의 힘으로 단번에 공을 삼백 미터나 날릴 수 있을까.

"정말 드라이버 샷으로 그린에 공을 올렸단 말이죠? 믿을 수가 없는데……."

이미 티를 꽂고 있는 꺽정 씨의 채 가방 안을 홀끔 넘겨보며 말했다. 짐작대로 그는 3번 우드로 티샷을 준비하고 있었다. 그의 드라이버는 가끔 오비를 내서 동반자에게 기쁨을 선사하기도 한다. 하지만 3번 우드는 거의 오차가 없다.

"초짜나 스푼으로 티샷하는 거 아닌가?"

꺽정 씨에게도 들리도록 경희가 내 귀에 대고 속삭인다. 그가 나를 뒤 돌아 본다. 3번 우드와 드라이버 사이에서 갈등하는 것이다. 나는 그에게 윙크를 날려준다.

잠시 후 꺽정 씨는 무슨 커다란 결심이라도 한 듯, 뽑았던 3번 우드에 헤드카바를 씌운다. 그리고 비장한 얼굴로 장검을, 아니 드라이버를 뺀다. 그는 여자의 야유에는 맥을 못 추는 순진함이 있다. 소녀 앞에서 어쭙잖은 힘자랑 하려는 풋내기 소년 같다.

나는 솟구치는 웃음을 간신히 이빨로 혀를 눌러 참는다. 남자들만의 내기가 붙은 플레이였다면 그는 결코 드라이버를 휘두르진 않을 것이다.

그는 내 소망을 저버리지 않았다. 벼슬세운 수탉처럼 오만하게 힘 좀 과시하려다가 소나무 숲 속으로 공을 집어넣고 만다. 어쩐지 오늘만은 행운의 여신이 내 손을 들어줄 것 같은 예감이 든다.

"첫 홀이라 몸도 안 풀렸을 텐데, 힘깨나 쓰셨네."

"역시 강한 남자는 멋져. 그치? 경희야."

경희의 킬킬거림에 내가 한 마디 보탰다. 꺽정 씨의 입 모양을 보니 올라오는 욕을 삼키고 있다. 신사 체면에 숙녀에게 욕설을 퍼부을 수는 없을 것이다.

"티샷 만회하는 거야 뭐."

격려인지 야유인지 모를 소리를 한 사람은 민호 씨이다.

나는 꺽정 씨가 위기에서 멋지게 탈출하는 장면을 숱하게 보아 왔다. 오늘 같은 첫 홀의 실수도, 실수의 만회도 다 좋은 추억으로 남을 것 같다.

나는 꺽정 씨가 공을 찾는데 도와주기로 했다. 꺽정 씨를 따라 숲으로 들어갔다. 햇빛과 바람을 적당히 걸러주는 나무 사이를 걷노라니 삼림욕장에 들어온 듯 심신이 맑아진다. 폐부에 스며드는 초록의 공기가 마음까지 푸르게 물들이고 있다.

그의 공은 소나무 밑동에 얹혀 있었다. 둥치 밑에 콱 처박히길 바랐는데, 그래서 벌타를 먹고 드롭*하는 불상사를 겪기를 바랐는데, 행운의 여신은 양다리를 걸치고 있었다.

그가 캐디에게 3번 아이언을 달라고 한다. 기다란 3번 아이언을 들고 소나무 밑으로 기어들어간다.

"경희야, 꺽정 씨 저런 자세로 어떻게 공을 친대니? 한 타 먹고 나오는 편이 나을 것 같지 않니?"

그가 하는 양을 지켜보는 수밖에 없다. 그는 거의 무릎이 땅에 닿을 정도로 엎드린다. 클럽의 샤프트 중간 부분을 잡고서는 하키 경기에서 스틱으로 공을 밀어내듯 톡 쳐낸다. 공이 삼십 미터를 굴러 그린 위로 올라온다. 지켜보고 있는 사람들 입에서 감탄사가 연발한다.

경희와 나의 두 번째 샷은 그린 앞 벙커에 빠졌다. 우리 둘은 사이좋게 벙커에서 탈출했다. 벙커 턱이 높지 않았다. 그래서 피칭 웨지를 사용하여 잔디가 없는 맨땅에서 런닝어프로치를 하듯이 굴려 올렸다.

꺽정 씨는 파, 나는 세 번의 샷으로 그린에 올렸고 두 번의 퍼트로 마무리를 해서 보기를 했다. 첫 홀부터 기분이 꿀꿀하다.

Golf & Sex
누구라도 언제나 잘 할 수는 없다

제2홀
파5. 464미터. 핸디캡 8. 우측으로 여우골이라 불리는 골짜기가 있음.
티샷에 슬라이스가 걸려 여우골에 빠지면 최소한 두 타는 잃을 각오를
해야 함. 훅이 걸릴 경우, 단타자의 공은 산에서, 장타자의 공은 벙커에
서 모임. 기량에 맞추어 목표지점을 설정할 것.

경희는 이 홀에서 이글을 한 적이 있다. 드라이버로 티샷, 두 번째
와 세 번째는 는 3과 1/2이라는, 로프트 각도가 20도인 페어웨이
우드로 쳤다고 한다. 세 번의 샷이 모두 잘 맞았다. 공을 잃어버린
줄 알고 그린 너머의 풀숲까지 헤매다가 혹시나 하고 구멍 속을
굽어보았더니 공이 들어있었다. 난생 첫 이글에 난생 처음으로 80
대의 타수를 기록했다. 이 홀에 오면 경희는 그 이글의 순간을 현
장 중계하듯이 생생하게 들려준다. 그리고 덧붙이는 말이 있다.

"사람에게는 일생에 세 번의 기념할 만한 날이 있다는데, 첫 번
째는 태어난 날, 두 번째는 결혼한 날, 세 번째는 죽은 날이래. 난

애들한테 미리 유언을 했어. 나 죽은 날 기억하지 말고, 내가 이글을 하고 90타를 처음 끊은 천구백구십팔 년 구 월 십오 일을 제삿날로 정하라고."

"진정한 골퍼다운 감동적인 유언이구나. 니 유언을 표절해도 된다면, 내 제삿날은 홀인원한 날로 미리 정하고 싶어. 만약에 한다면 말이야."

원통한 것은, 내가 그 순간에 경희와 같이 있지 못 했음이고 더욱 절통한 것은 나는 아직 이글을 못 해봤음이다. 나에게도 행운이 없으란 법은 없다. 나는 골프라운드를 할 때마다 희망은 버리지 않는다.

"한 번 한 이글 두 번도 할 수 있으니까 오늘 내 앞에서도 한번 해봐요."

경희에게 그렇게 말하는 꺽정 씨는 이 홀에서도 이글을 해봤을 뿐더러 한 라운드에서 두 개의 이글을 잡은 적도 있다. 총 서른 번이 넘는 이글의 경험이 있다니 꺽정 씨 앞에선 잘난 척 말고 입을 다물고 가만히 있어야 한다.

꺽정 씨는 힘자랑으로 실패했던 전 홀을 만회하려는 듯 각단진 틀거지로 마음껏 후려 갈겼다. 인간이 아닌 짐승처럼 쳤다.

나는 눈을 감은 채 열을 헤아리고 눈을 떴다. 아직도 공은 푸른 하늘에 궤적을 그리며 흰 새처럼 날아가고 있었다. 공은 주인의 의도를 아는 걸까.

내가 만약 공이라면, 저렇게 하늘 높이 올라가서 무엇을 볼까. 우리의 잃어버린 낙원이 보일까. 개미처럼 작아진 인간이 우스워 보일까.

"이 홀에서 티잉그라운드에 올라서면 짜릿하게 전율이 와. 이글의 순간이 새록새록 살아나서 그런지 여기선 그 후로 파도 못해봤어."

경희의 말은 내가 욕심을 버리는데 도움을 준다. 나도 파만 하기로 계획을 세운다. 나는 페어웨이의 중앙을 향해 정렬했다. 내 드라이버는 슬라이스보다는 훅이 잘 걸린다. 여우골로 가기보다는 왼쪽 산 날개에 걸릴 확률이 높다.

아뿔싸, 공이 페어웨이를 가로질러 여우골로 똑바로 가고 있었다. 공을 막 치려는 순간 누런 개 한 마리가 산 쪽에서 내려오고 있었는데 개를 의식하다가 공을 밀어치고 말았다. 나는 발을 동동 구르다가 티잉그라운드를 내려왔다.

여우골에 들어가서 풀숲을 헤집어보니까, 내 공은 개뼈다귀는 아닌 것 같고, 아마도 소나 돼지의 뼈로 추정되는 희끄무레한 물체 옆에 놓여있었다.

"최근 스코틀랜드 세인트앤드루스의 골프협회측은 골프장에서 땅다람쥐나 마모트 같은 동물들이 서식지나 피난처용으로 파놓은 구멍에 공이 떨어질 경우엔 공을 회수한 후에 프리드롭으로 공의 위치를 정할 수 있다고 결정했답니다."

내 공이 여우골로 들어가는 것을 본 민호 씨는 가방을 부스럭거리더니 무언가를 꺼냈다. 독립선언문처럼 소리 높여 낭독하는 것은 며칠 전의 신문이었다.

민호 씨는 룰 박사이다. 규정집을 훤하게 통달하고 있을 뿐만 아니라 바뀌거나 새로운 규정까지 놓치지 않고 습득해서 우리에게 일러주는 사람이다.

"난 땅다람쥐나 마모트가 어떻게 생긴 동물인지 몰라요. 하지만, 아까 요 앞에서 얼쩐대던 개가 먹이를 묻어 놓았다면 동물의 서식지에 해당하니까 드롭해도 되겠네요."

"잠깐요. 근데 그 규정이 요상해요. 공이 개(犬)가 파놓은 구멍에 떨어진 경우엔 그대로 플레이를 해야 한답니다. 그런 차별을 두는 이유에 대해 개가 파놓은 구멍은 비정상적인 지표면 조건에 해당되지 않기 때문이라고 설명했습니다."

"별, 개뼈다귀 같은 게 헷갈리게 하네요. 그럼, 공이 움직이지 않는 범위 내에서 뼈다귀는 집어내도 되지만 드롭은 못한단 말이죠? 근데 외국은 땅다람쥐가 파놓은 구멍이 그리도 많대요? 십팔 구멍에 공 넣기도 힘든데 언제 땅다람쥐 구멍까지 찾아서 공을 넣는담."

"더 들어보세요. 세인트앤드루스에서는 십오 세기 이래 골프경기가 치러졌지만 땅다람쥐나 마모트가 목격된 사례는 한 번도 없었는데, 그러나 이 지역 골프클럽 관계자인 데이비드릭먼은 골프의 세계화 추세를 감안해 다른 나라의 동물들을 예로 언급한 것이라고 밝혔답니다."

"미리 딱 못 박아 놓았으니까 서로 멱살잡고 싸우지 말라는 배려가 가상하기도 하네요."

여우골의 지면과 페어웨이와는 해발고도에서 오 미터 이상 차이가 난다. 간신히 두 번만에 공만 탈출시켰다. 나는 꺽정 씨가 내려주는 썩은 동아줄이 아닌 견고한 클럽을 잡고 여우골에서 나왔다.

"공 치는 소리가 네 번 났는데……."

꺽정 씨가 이죽거린다.

"두 번은 메아리였죠. 민호 씨랑 둘이서 지켜보고 있었으면서 딴소리 하지마세요."

사실 두 번은 메아리가 아니라 빈스윙이었다. 내 우그러진 얼굴을 바라보는 꺽정 씨의 얼굴은 환희, 그 자체이다.

앞서가는 캐디를 헉헉거리며 따라가는데 날다람쥐 한 마리가 자꾸 내 주위를 맴돈다. 곁에 와서 까만 눈동자를 굴리며 앞발을 비빈다. 내게 무언가를 구걸하는 몸짓이다. 내 채가방의 옆 주머니를 발톱으로 긁는다.

"사모님, 과자 숨겼어요?"

캐디가 다람쥐의 몸짓을 통역한다. 다람쥐는 캐디와는 한솥밥을 먹는 골프장의 식구라서 친한가 보다. 이따금 골프장을 찾는 손님과는 의사소통이 안 되어도 식구끼리는 눈빛으로 교감한다.

"초콜릿 냄새가 풍기나?"

주머니에 들어있던 초콜릿을 꺼내자마자 백에 올라 앉아있던 놈이 앙감질로 건너와 채뜨려 간다.

"또 올 거예요. 친구들 데리고."

캐디의 말이 끝나기도 전에 나무에서 망을 보던 다른 날다람쥐가 잽싸게 달려온다. 나는 가방 안에 들어있던 남은 초콜릿마저 다 빼앗기고 만다. 숲 속으로 사라지는 어미, 아비, 새끼 다람쥐의 가족애가 심장을 따뜻하게 데워준다.

"자연보호를 다섯 글자로 늘이면?"

꺽정 씨가 묻는다. 단란한 다람쥐 한 가족을 보니까 갑자기 자연을 보호해야겠다는 제법 기특한 생각이 들었나 보다.

"야, 그거 모르는 사람 어딨냐."

민호 씨도 어디서 주워들은 모양이다. 그러나 냉큼 답을 대지는 않는다.

"그걸 몰라? 보오지, 왜 만져."

이럴 땐 아무리 성질이 급해도 한 박자 늦추면 좋을 텐데, 경희는 참지를 못한다.

"여섯 자이잖아."

"그럼 가운데 '오'자를 빼세요."

경희가 방정을 떨었다. 눈을 흘기지 않을 수가 없다. 꺽정 씨는 버디를 놓쳐서 파, 나는 두 타를 까먹고 나니 트리플보기이다. 기록표를 들여다보니 내 이름 밑에만 갈매기가 날고 있다. 파는 희망이었고 현실은 트리플보기라니. 아아, 이 치욕적인 타수. 이가 갈린다.

Golf & Sex
색다른 곳에서 하면 색다른 맛이 있다

제3홀
파4, 본래의 코스 길이는 307미터였으나 오늘은 수리 중. 핸디캡4. 티잉그라운드가 50미터쯤 앞으로 당겨져 있음. 페어웨이 중앙까지 가파른 산이 내려와 있음. '남성 골퍼는 아이언으로 티샷하라'는 문구가 적힌 팻말이 티잉그라운드에 세워져 있음. 드라이버의 장타자는 도전하고 싶은 마음을 억제해야 함.

골프경기에서 가장 중요한 샷은 무엇인가. 퍼트일까, 어프로치일까, 아니다. 다음 샷이다. 지난 홀의 실수는 잊어야 한다.

나는 제3홀에 도착하는 순간 지난 악몽은 다 잊었다. 이제 겨우 두 홀을 돌았다. 장갑을 벗기 전까지는 희망이 있다.

"경희야, 슬라이스가 나면 깊은 숲으로 들어가니까 왼쪽을 보고 쳐."

산을 넘겨보겠다고 우측을 향해 정렬한 경희에게 내가 조언을 했다.

경희는 장타자에 속한다. 티샷에서는 나 보다 평균 오 미터 정도

앞선다. 그녀가 호쾌하게 티샷을 날렸다. 공은 포경선의 작살처럼 목표를 향하여 날아갔다. 언덕배기에 서 있는 소나무를 아슬아슬하게 스치면서 날아갔다.

"잘 갔는데 공이 어느 쪽으로 굴렀는지는 모르겠어요."

캐디 둘이 똑같이 말한다. 나는 경희가 공을 떨어진 곳까지는 보내지는 않을 작정이다.

물론 경희만큼 멀리 보낼 수도 없지만 설령 보낼 수 있다고 해도 나는 왼발 내리막 경사에 놓인 공은 질색이다. 왼발 오르막 경사에서 두 번째 샷을 치고 싶다.

옛날처럼 뒤에 있던 티잉그라운드에서 드라이버샷을 날리면 오르막의 정점에서 멎을 것이다. 그러나 티잉그라운드가 앞으로 당겨진 이상 평소대로 드라이버를 잡는다면 공은 언덕을 넘어 한참을 굴러 내려가리라.

3번 우드를 잡았다. 티에 공을 올려놓고 휘두르는 스푼은 가뿐하다. 구름자락을 스치는가 싶게 날아간 공은 언덕의 정상에서 사뿐히 내려앉았다.

눈짐작으로 두 번째 샷은 7번 아이언이면 거뜬하게 그린에 올릴 것 같다. 7번 아이언은 내가 제일 자신 있게 잡는 채이다. 파는 무난하게 잡을 것 같다.

경희의 공은 내리막을 한없이 굴러 거의 그린까지 가기는 했지만 나뭇잎이 수북하게 깔린 러프에 파묻혀 있다. 가을의 초입인데, 숲 속은 발목이 묻힐 만큼 나뭇잎이 켜켜이 포개져 있다.

"같이 찾아줄까?"

러프로 들어서니 다소곳한 바람에 한 잎 두 잎 낙엽이 지고 있다. 한때는 싱싱한 초록으로 물이 올랐던 잎사귀들이 누렇게 바래고 말라서 떨어지고 있다. 퇴색한 생명의 편린들이 지난여름의 추억을 간직한 채 아쉽게 낙하하고 있다.

인생의 허무와 무상을 속삭인다. 현란했던 생명들이 환상처럼 스러지고 있다. 시들어 떨어지는 낙엽은 영원할 수 없는 인간의 생명을 새삼스럽게도 일깨워주고 있다.

낙엽을 밟으니까 우리도 무언가를 상실해가고 있다는 느낌이 든다. 그러나 나무로써는 새로운 생을 영접하는 몸짓일 것이다.

칠 년 전이었던가. 꺽정 씨를 처음 만났던 날이.

나는 모 잡지사가 청탁한 골프장 탐방 기사를 쓰려고 이 골프장을 찾았었다. 골프장 관계자와 인터뷰하고 코스를 답사하기로 했다. 녹음기를 든 나를 맞은 사람이 골프장 회원대표라는 꺽정 씨와 헤드프로였다.

꺽정 씨는 내가 지켜보는 앞에서 이븐 파를 기록했다. 내가 그때까지 동반했던 아마추어 골퍼 중에서 최고 기록을 낸 사람이었다. 나는 여태껏 한 클럽이내의 퍼트도 컨시드를 받지 않고 그렇게 깔끔하게 이븐 파를 치는 아마추어 골퍼를 본 적이 없었다.

그는 티샷, 아이언샷, 어프로치 모두를 잘했지만, 퍼트는 정말 신기(神技)에 가까웠다. 이 미터쯤 되는 내리막 경사를 천천히 굴러 내려가다가 컵 안으로 고개를 떨어드리듯이 흘러 들어가는 공의 궤적을 쫓다가 나는 숨이 멎을 뻔했다.

헤드프로는 꺽정 씨의 심리전에 밀려서 진땀을 흘렸었다. 꺽정 씨는 여기 제4번 파4홀에서 파를 했다. 티샷한 공이 산 속으로 들어가자 잠정구를 쳤는데 그린 가장자리에서 삼십 미터도 안 떨어진 곳에 공이 멈춰있었다. 칩샷용 웨지로 굴린 공이 깃대를 맞추고 구멍 안으로 빨려 들어갔다. 공을 잃어버리지만 않았다면 이글이었다. 오늘처럼 하늘은 그지없이 맑았고 바람은 깃발 자락을 펄럭이며 놀고 있었다.

그는 남성적인 야취가 풍기는 남자였다. 귀 밑의 구레나룻과 손등에 검실검실하게 돋아난 털은 남성미를 더해줬다. 나는 그의 구레나룻과 이븐 파라는 기록에 반한 것 같다.

그의 멋진 샷을 더 보고 싶었다. 나의 마음을 읽었는지 꺽정 씨는 골프라운드에 나를 초대했다. 그것이 악연의 시작이었다.

그는 나에게 핸디를 넉넉히 주면서 내기의 세계로 끌어 들였다. 나는 나도 모르는 사이에 내기를 곁들인 골프의 맛에 심취해 갔다. 작은 돈이 쏠쏠하게 주머니에 쌓이다가 한 순간의 실수로 목돈이 빠져나갔다.

"꺽정 씨가 생활비마저 긁어가서 사흘을 굶었더니 헛것이 보이는지 공이 두 개로 보이네요. 제대로 보이게 흰한 곳으로 꺼내 놓

을게요."

나는 적자가계부를 핑계로 풀숲에 숨은 공을 옮겨놓으며 무벌타라고 억지를 부렸고,

"뾰족한 가시에 이쁜 종아리를 긁히면 안 되니까 덤불에선 빼도 되죠?"

때에 따라서는 여자라는 이유로 규칙을 어기면서 어깃장을 놓았다. 그래도 손익계산은 매번 적자였다. 그러나 수업료를 지불한 만큼 그에게서 배운 점도 많다. 그는 프로는 아니지만 잘못된 내 스윙도 교정을 해줬다.

누군가 내 어깨에 손을 얹는 느낌에 소스라친다. 음흉하기 이를 데 없는 꺽정 씨가 숲까지 따라와 공을 찾는 척하며 수작을 거는 것이라고 단정한다.

이 짐승을 어떻게 혼내주지. 나는 도끼눈을 하고 아주 천천히 돌아선다. 꺽정 씨는 곁에 있지 않다. 그는 그린의 뒤쪽에 서 있다. 나를 쳐다보고 있지도 않다.

낙엽이었다. 커다란 무화과 나뭇잎 한 장이 어깨부들기에 견장처럼 걸쳐 있었다. 나는 올라갔던 손으로 낙엽을 슬그머니 털어낸다.

경희는 피칭웨지를 잡아 어프로치를 시도한다. 약간 둔탁한 소리가 난다. 짧다. 그린에 올라가지도 않는다. 나는 파, 경희는 퍼트를 세 번이나 해서 더블보기로 마감한다.

"어때? 코스가 바뀌니까 색다른 맛이 있지? 미군 비행장엘 가면 티잉그라운드의 위치를 바꾸고 두 개의 그린을 사용해서 전혀 다른 골프장 같은 분위기를 주잖아."

"코스가 짧아졌다고 만만하게 봤는데……."

경희가 볼이 부은 소리로 투덜댔다. 더블보기에 기분이 잡치지 않는 골퍼는 없으리라.

Golf & Sex

고수들이 경험으로 터득한 바로는, 짧은 것보다는 긴 것이 좋다고 한다

제4홀

파3. 142미터. 핸디캡14. 오르막 끝에 그린이 있음. 그린 바로 앞에 벙커가 위협적임. 슬라이스가 나면 공이 잡풀더미에 묻힘. 왼쪽으로 휘는 공은 그늘집의 유리창을 깰 위험도 있음.

하늘이 옥양목처럼 하얗게 바래고 있다. 어느 여인네가 저다지도 정갈하게 빨래를 해서 널었을까. 수정처럼 투명하고 진주조개처럼 그윽하게 푸르다. 나뭇잎에 시를 한 수 적어 창공에 띄우면 조그만 조각배가 되어 에돌다가 그리운 벗에게 닿을 것 같다. 먼 나라, 지구의 반대편에 사는 내 그리운 벗은 하늘의 기슭에 걸린 나뭇잎배를 보고 나를 떠올려줄까.

회초리가 지나가는 듯한 바람을 가르는 소리와 클럽헤드가 공을 타격하는 명징한 음향에 나는 얼른 팔던 한눈을 접는다. 꺽정 씨의 공이 깃대를 향해 곧장 날아가고 있다. 그러나 아깝게도 짧다.

귓전에서 울리던 상큼한 타격음으로 미루어 절대로 짧을 리가 없을 것 같았다. 껵정 씨 같은 고수가 깃대는 그린의 뒤쪽에 꽂혀있으며, 가파른 오르막이며, 맞바람이 분다는 것을 몰랐을까.

"아무리 뒤편이어도 여기선 길게 안칩니다."

껵정 씨가 입맛을 쩝쩝 다시며 티잉그라운드에서 내려왔다.

"지난겨울에 그린이 얼었을 때였는데, 그린에서 튄 공이 그늘집에서 나오던 앞 조 사람들을 때렸죠."

껵정 씨가 그린에 못 미치게 친 까닭을 민호 씨가 설명했다.

"어마나, 그런 불상사가 있었어요?"

"사람은 안 다쳤어요?"

화들짝 놀라서 경희와 내가 동시에 외쳤다.

"큰 사고였어요. 보험회사에서 사고수습은 해줬는데, 다친 사람은 두 달 동안이나 깁스를 하고 목발을 짚고 다녔어요. 우리 쪽에선 아무 잘못이 없었기에……."

침을 튀기며 친구의 입장을 변호하는 민호 씨의 말을 자르며 끼어 들어온 껵정 씨의 일갈이 가관이었다.

"그날 그 사고 때문에 여기 파3홀에서 트리플보기를, 그러니까 양파를 했다는 거 아닙니까."

기가 막혀 벌어진 입이 안 닫혔다. 하긴, 제10홀에서 동반자가 심장마비로 죽었는데도 시체를 옮겨가며 나머지 홀을 마무리했다고 자랑하는 엽기적인 골퍼도 있다는데, 뭐.

그에 비하면 타인을 병신으로 만들 뻔한 사고보다 자신의 트리플보기가 더 치명적이라고 믿는 꺽정 씨는 아직 정신병원에 갈 수준은 아닌 것 같다. 시체를 끌고 나머지 여덟 홀을 더 돈 사람과 사고 때문에 트리플보기를 했다고 입에 거품을 무는 꺽정 씨와 누가 더 골프에 미치광이인지를 가른다면, 꺽정 씨 쪽이 아직 이빨도 안 난 젖먹이일 것이다.

정말 같은 거짓말인지 거짓말 같은 정말인지 모르겠다. 저들은 내가 골프를 하다가 일어나는 에피소드를 글로 쓴다니까 딴에는 소재를 제공해준답시고 별의별 희한한 얘기들을 물어오는 것이다.

"믿어지지 않는 얘기는 그만하고 공 칩시다."

꺽정 씨의 진담과 농담이 구분되지 않아서 정신을 놓고 있다가, 경희가 떠밀어서야 티잉그라운드에 올라갔다.

내 3번 우드의 비거리는 백오십 미터 정도이다. 오르막이므로 공이 그린의 둔덕을 친다면 굴러서 올라갈 것이다. 티잉그라운드에 올라선 내 얼굴을 향해 바람이 불어오고 있다. 머리카락이 곤두선다. 나는 3번과 4번 우드 중에서 어느 것을 선택해야 할지 갈등한다.

문득 '화이트 크리스마스'를 불러 세계를 감동시킨 빙크로스비의 말이 생각난다. 그는 비거리로 허세를 떠는 골퍼를 경멸했다.

— 정말로 골프를 사랑하고 또 알고 있는 사람이라면 3번 아이

언으로 백오십 야드에 정확하게 볼을 옮겨놓은 수 있는 기량을 가
진 골퍼이다. 9번이 무리라면 8번으로 친대서 무엇이 잘못이란
말인가. ―

　그의 주장은 명쾌했다. 그는 사망할 때까지 스크래치 플레이어
의 솜씨를 유지했고 까다롭기로 유명한 '골프 명예의 전당'에 들
어갔다.

　"긴 게 낫겠죠? 짧은 것보다는? 바람도 맞은편에서 불어오
고……."

　나는 티의 키를 키웠다. 티를 높이면 공은 높게 날겠지만 거리는
좀 손해를 볼 것이다.

"긴 걸 선호하는 줄은 몰랐는데……."

나는 분명 캐디에게 던진 질문이었는데 꺽정 씨가 참견한다. 오랫동안 조용하다 싶었다. 첫 홀에서의 내가 던진 훼방에 대한 복수이다. 어떻게 복수를 할 것인지 삼십 분이 넘게 고심했을 것이다.

"짧아서 못 미치느니 보다는 홀을 지나가는 공이 낫겠죠. 못 미치면 들어갈 수 없으니까. 네버럽 네버인(never up, never in)이라잖아요."

나는 전 홀에서도 파를 잡았다. 자신감이 붙는 중이다. 자신감이 도사리는 날은 깃대까지의 거리가 짧아 보이고 구멍이 크게 보인다. 중압감이 마음을 억누르게 되면 공이 작아 보이고 거리까지 멀어 보이며 실타를 연발하게 된다. 그린에 파인 구멍이 간장종지보다 작아보여서 퍼트가 흔들린다.

"닿지 않으면 들어갈 수 없겠지만, 그래도 여자들이 긴 거 너무 밝히네……."

꺽정 씨도 그런 말을 하면서 얼굴을 붉힌다. 캐디들이 뒤로 돌아서서 배꼽을 잡고 웃고 있다.

"그래도 긴 게 나아. 길게 쳐."

경희가 거들었다. 나는 깃대를 지나쳐 보내기로 결정했다. 3번 우드를 선택했다. 공이 높게 날아 길게 떨어진다.

그린에 올라가보니 내 공은 조금 길었던지 뒤쪽 그린 가장자리

에 걸려있다. 꺽정 씨는 어프로치도 짧았다. 깃대까지 족히 이 미
터는 될 것 같다.

"흥, 꺽정 씨는 짧은 쪽을 선호하나 본데…… 자신 것이 짧아서
그런가……."

그린의 경사를 읽느라고 쭈그리고 앉아있는 꺽정 씨의 귀에 대
고 속삭였다. 그는 말뜻을 얼른 잡지 못하고 있다.

"못 들었으면 통과합시다."

생급스럽게 나를 올려다보는 꺽정 씨에게 큰소리로 말해주고는
그린을 지나쳐 공이 멈춘 곳으로 갔다. 티끌을 입김으로 불어 날
리듯이 샌드웨지로 살포시 쳤다. 공이 깃대에 붙었다.

"야, 민호야 니가 객관적인 수치를 말해줘라."

그제야 내 물음에 감이 잡혔는지 그가 민호를 향해 외쳤다.

"민호 씨도 꺽정 씨와 한패거리니까 무슨 말을 하든 믿을 수 없
어요. 나중에 사용자에게 직접 물어보겠어요. 길이와 둘레와 강도
와 온도, 그리고 팽창력까지."

나는 당연히 컨시드를 받았으므로 다음 홀을 향해 도망쳤다. 홀
에 공이 떨어지는 소리가 안 들리는 것으로 미루어 그는 파를 못
한 것 같다. 이 미터 남짓한 퍼트가 좀 벅찼겠지만 그는 내 앞에서
그 정도의 오르막 퍼트는 무난하게 해치우고는 했었다.

나는 지난 해 꺽정 씨가 2언더 파를 치던 날 함께 라운드를 했었
다. 그에게 그런 기록을 안겨준 일등공신은 역시 퍼트였다.

그의 퍼터는 모세의 지팡이처럼 신통술을 부렸었다. 퍼터를 공에 가져다 대기만 하면 공은 저절로 굴러서 홀 안으로 숨었다. 나는 기가 죽어서 그 앞에서 퍼터를 팽개치고 싶었다.

오늘의 퍼트 실패는 내가 그의 정신을 산란하게 만들었기 때문이다.

Golf & Sex
책이나 비디오로 공부한 사람이 잘 할 확률이 높다

제5홀
파4. 341미터. 핸디캡10. 페어웨이 우측에 짚신짝처럼 생긴 기다란 두
개의 벙커가 부담을 주지만 벙커는 함정이 아니라 오비에 대한 구제용
임. 티잉그라운드가 우측을 향하고 있다는 사실을 알아채지 못하는 골퍼
는 왕초보임.

경희는 티잉그라운드의 오른쪽 가장자리에서 페어웨이 좌측을
향해 정렬한다. 슬라이스로 벌어질 각도까지 계산하는가보다. 아
니나 다를까 약간의 슬라이스가 걸리면서 공은 페어웨이 한가운
데 안착한다.

"굿 샷!"

합창소리가 푸른 하늘로 멀리 퍼지는가 싶더니 메아리가 들려온
다.

"엊저녁에 비디오를 보면서 공부했지."

그녀는 득의양양하게 어깨를 으쓱이며 내려온다.

"오양 비디오를 보면 드라이버도 잘 때리게 되는 거니?"

"벤 호건의 골프레슨비디오를 봤어. 슬라이스 나는 사람은 티잉 그라운드 오른쪽에서 왼쪽을 향해 치라는, 페어웨이를 넓게 쓰라는, 명심보감을 읽었다구."

"옛 성현의 말씀이 틀린 게 하나 없지. 책이랑 비디오랑 보면서 열심히 공부한 사람이 잘하는 게 당근이지."

"완벽한 샷에 완벽한 칭찬입니다."

떠억 팔짱을 끼고 서서 완벽한 종합 칭찬을 하는 사람은 껑정 씨다.

"인간에게 완벽한 샷은 없어요. 완벽하다면 티샷이 홀인하는 겁니다."

민호 씨의 말이 맞는 것도 같고 틀리는 것도 같다.

"인간의 탈을 쓰고 어떻게 단숨에 삼백사십 미터를 날려요. 기적이 일어나지 않는 한 불가능해요. 전 이 정도 샷이면 완벽하게 만족해요."

"기적은 신의 영역이고, 기적이 일어나지 않는 한 퍼펙트는 없죠. 완벽(perfect)이라든가 영원(forever)이라는 단어는 신에게만 적용되는 단어입니다."

민호 씨의 설교에 감명이 깊으면서도 나는 그가 잘 익은 벼처럼 자신의 박식함을 좀 덜 드러내기를 바란다.

"근데, 제게도 가끔은 기적이 일어나더라구요. 빗맞은 땅볼이

제비가 물을 차듯이 예닐곱 번 물수제비를 뜨면서 연못의 물을 차고 튀어 올라 건너편 둔덕으로 올라간다든가."

민호 씨의 잘난 척에 내가 응수를 했다.

"난, 티샷한 공이 오비말뚝을 맞고 튀어나가려다가 바깥쪽 나무를 맞고 페어웨이로 들어온 적도 있었어요."

경희도 내 편이 되어 도와준다. 그렇지만, 결정타를 날린 사람은 역시 우리의 꺽정 씨였다.

"난 이런 경험도 있어요. 티샷한 공이 연못으로 빠져버린 줄 알고 다시 치려는데 거북이 한 마리가 슬금슬금 연못 속에서 기어나오는 거예요. 공을 물고요. 얼마나 신기한 일입니까. 거북이가 공을 토해놓기만을 기다리고 있는데, 이번에는 하늘을 날던 솔개가 곤두박질쳐 내려오더니 거북이를 낚아채는 거예요. 솔개가 공을 문 거북이를 낚아채는 걸 두 눈으로 확인했으면 로스트 볼은 아니죠. 그래서 그 자리에서 새 공을 놓고 다시 치려고 어드레스를 하는데, 이런 세상에, 하늘 높이 솟구쳐 오른 솔개가 먹이를 떨어뜨렸는데 이게 딱 그린 위였습니다. 나는 공보다도 거북이를 걱정하는 연약한 심성을 가진 착한 사람이죠. 거북이가 뭔 죄가 있어요. 발랑 나뒤집어진 거북이가 불쌍해서 쫓아갔더니 거북이가 공을 토해놓는 중이었어요. 그런데, 아 또, 이 공이 쪼르르 굴러서 홀로 들어가는 기적이 일어납디다. 모세의 기적이 무릎을 꿇을 기적 중에서도 기적이죠. 나는 이런 살신성인한 거북이를 위해서 잠시 애도의 기도를 드리고 그런 옆에다 작은 무덤을 만들어줬죠."

웃음이 나와서 뒤집어 질 지경이었다.

"알바트로스를 했다는 야그인데…… 동반자가 누구였어요?"

믿을 건더기가 있다고 생각한건지 경희가 아리송한 표정으로 묻는다.

"아아, 우리 마누라하고 둘이서 필리핀에서 쳤거덩. 푸에르토아줄이었던가…… 못 믿겠으면 직접 물어보시지. 전화 빌려줘?"

"쉿, 조용히."

민호 씨가 티샷을 준비하고 있기에 수다를 중지한다. 민호 씨의 바짓가랑이가 가늘게 흔들리고 있다. 그의 바짓가랑이가 나풀대는 이유가 바람 때문인지 엊저녁에 아내와 단꿈을 꾼 때문인지 궁금하다.

민호 씨는 몇 달 전에 재혼을 했다. 열다섯 살이나 어린 아내와 신혼의 단꿈에 젖어있는 행복한 사내다.

또한 민호 씨는 무수리 조합장이라는 별명을 가지고 있다. 독신녀들을 무리로 거느리고 있는 남자라는, 바람둥이라는 뜻이다.

그의 사생활을 속속들이 알 수는 없지만 첫 아내와 사별을 하고 그는 맞선을 백 번쯤 봤다. 그러다 보니 자연히 무수리 조합장이라는 별명이 붙게 되었다.

"웬 비디오 타령? 말이 나왔으니 말이지만 오양 비디오는 민호가 봐야 해. 젊은 아내한테 힘으로는 달릴 테니 기술이라도 익혀

야 하잖아."

꺽정 씨가 슬금슬금 새신랑을 놀리고 있다. 민호 씨는 원래 재치도 있고 말재주도 좋은 사람이지만 골프를 배우고는 갑자기 금 같은 침묵으로 무거워졌다. 정신을 집중하려면 말수를 줄여야 한다는 것이 민호 씨의 지론이다. 우리가 아무리 놀려도 들은 척도 안 한다.

그린에 올라가보니 네 개의 공이 모두 올라있다. 경희와 나는 세

번의 샷으로 올렸고, 민호 씨와 껑정 씨는 레귤러온이다. 동서남
북으로 흩어져있다. 거리는 엇비슷하다.

"원타선구(遠打先球)."

내가 그렇게 외쳤지만 누구의 공이 홀에서 제일 먼 지는 짐작이
서지 않는다. 그래도 조금 더 먼 듯이 보이는 민호 씨부터 시계방
향으로 돌아가며 퍼트를 하기로 했다. 대략 오 미터는 넘음직하
다. 두 번 만에 구멍에 넣는다면 양호한 실력이다.

봉사 문고리 잡기인지 황소 뒷걸음치다 개구리 잡기인지 민호
씨가 팔을 길게 뻗어 세게 밀어 친 공이 구멍 안으로 쑤욱 빨려 들
어갔다.

"나이스 버디."

축하의 메시지를 띄운 사람은 캐디였다. 우리 나머지 셋은 어안
이 벙벙해서 민호 씨만을 올려다봤다.

"나이스 버디…… 근데 경희야, 민호 씨가 정말 무수리 조합장
맞나보다. 저렇게 긴 것을 단번에 우그려 넣는 솜씨 봤지?"

한참만에야 입술이 떨어졌다.

"나야 말로 엊저녁에 책도 보고 비디오 보며 공부했어요. 퍼터
헤드의 정중앙에 공을 맞추는 법을 익혔다구요."

홀은 더 이상 공을 받아들일 공간이 없는지 우리의 공 세 개를
모두 거부했다.

"김 작가, 우리도 공부 합시다. 민호나 경희 씨나 책이랑 비디오

185

보고 공부하니까 금방 표시가 나잖아요. 우리도 비디오 좀 볼까요?"

소나무 숲길을 걸어 다음 홀로 이동을 하는데 뒤따라온 꺽정 씨가 은밀하게 속삭였다.

"좋아요. 오늘 비디오방 갑시다. 만화방도 가고."

문득 논어(論語)의 한 구절이 떠오른다.

— 독서만 하고 사색을 태만히 하면 지식이 몸에 붙지 아니하고, 사색만 할 뿐 독서를 게을리 하면 독선(獨善)이 된다. —

사색과 독서를 동시에 해야 한다는 말이리라. 이 말을 골프에 원용해보면 독서하고 사색하며 연습하는 세 가지를 겸해야만 실력이 향상된다는 뜻일 것이다.

Golf & Sex
구멍 주위만 핥고 나오면 기분이 찝찝하다

제6홀
파4. 299미터. 핸디캡6. 홀까지의 거리는 짧지만 페어웨이는 가파른 오르막. 좌측 페어웨이 한가운데 상하로 기다란 벙커가 포진해 있음. 두 번째 샷을 염두에 두고 티샷의 계획을 세움이 현명함.

"한 방 날릴 때가 되었잖니?"

내가 경희에게 말했지만 기실은 껵정 씨에게 들려주는 효과음이었다. 이쯤에서 우정이건 실수건 오비 한 방을 날릴 때가 도래했음을 시사한 발언이었다.

껵정 씨의 흥얼거리던 콧노래가 멈추는가 싶더니 따가운 눈총을 날렸다. 그 눈총이 전하는 바는, 저 웬수같은 여자가 훼방을 놓기 시작하는 군, 이다. 나는 그의 눈총은 아랑곳하지 않고 신발 끈도 고쳐 매고 장갑도 벗었다가 다시 끼면서 딴청을 부렸다.

여태 성적을 계산해보니 껵정 씨는 1오바 파이고, 나는 5오바 파이다. 나는 파5홀에서 트리플보기를 했지만 파를 두 개 잡음으로써 간신히 보기 이븐을 유지하고 있다.

더 좋은 성적은 기대하지도 않는다. 연습도 게을리 했고, 겨우 일주일에 한 번이나 잔디를 밟았으니까 보기플레이 이상의 욕심을 내면 안 된다. 겸허한 마음으로 실력을 인정하자. 그리고 타인이 실수하기를 기도하자.

"뷰티풀 샷."

오비를 기원하며 뒤로 돌아서있는데 경희의 목소리가 뒤통수께로 날아왔다. 돌아보니 꺽정 씨가 만족한 웃음을 물고 내려오고 있다.

여자들의 훼방작전은 귓전에서 웽웽거리는 모기의 날갯짓으로 여기나보다. 여자를 돌로 보는 웬수같은 사내이다. 아니 짐승이다. 공은 여태도 비행을 계속하면서 착륙할 조짐이 없다.

생태계의 먹이 사슬에는 천적이 있다. 직장에도 친구 사이에도 골프 동반자 중에도 천적은 있다. 나는 꼭 꺽정 씨가 나의 천적인 것만 같다. 그는 나하고 함께 라운드를 하면 좋은 기록을 내고 나는 맥을 못 춘다. 내기를 할 때면 더욱 그의 기(氣)에 눌린다.

같이 골프를 안 하면 될 텐데 어쩐 일인지 내가 골프라운드 동반자를 구할 때 빈자리를 메워주는 기사는 꺽정 씨 뿐이었고 그의 땜질은 내가 맡는 불운이 꼬리를 무는 것이다.

내가 티샷한 공은 빗맞은 경희의 공보다는 멀리 왔지만, 그런까

지 오르막 경사가 심해서 3번 우드를 잡는다고 해도 올라갈 듯싶지 않다. 더구나 계란 프라이의 노른자위처럼 디봇에 반쯤 묻혀있다.

"공이 이쁘게 놓여있구만요."

내 곁을 스쳐 지나가던 꺽정 씨가 잠시 발길을 멈추고 지켜보고 있다. 잡음을 안 넣고 점잖게 지나갈 화상이 아닌 줄은 옛날부터 알고 있었다.

그렇다, 옛날부터였다. 같이 지낸 시간이 많은 사람들은 추억 또한 많다. 꺽정 씨와는 티격태격 다투면서도 같이 라운드를 한 횟

수가 셀 수도 없다. 언젠가도 이 골프장 이 홀에서 똑같은 상황이 벌어졌었다. 그때도 티샷의 공이 디봇 자국으로 굴러 들어갔었다.

그날은 소나기가 막 지나간 청명한 봄날이었다. 세수를 마친 하늘은 말갛게 개였고 찬란한 햇빛이 잔디 위로 쏟아지고 있었다. 풀잎 끝에 매달린 물방울이 발부리에 채이면서 영롱하게 부서졌다.

티샷한 공도 목표지점으로 상쾌하게 날아갔다. 사박사박 풀잎을 지르밟으며 걸었다. 디봇 자국은 작은 욕조처럼 빗물을 모아 안고 있었고 공은 나른하게 목욕물에 몸을 담그고 있었다.

"캐주얼워터*죠? 드롭을 하겠습니다."

나는 잔디가 다복하게 덮여있는 평평한 곳으로 공을 꺼내놓았다.

"누구 마음대로죠?"

지난 홀에서 꺽정 씨는 어이없게도 공을 잃어버리는 바람에 돈을 잃었다. 공이 떨어져서 굴러가는 모양까지 비디오카메라로 찍듯이 포착을 했는데도 공이 있어야 할 곳에 없었다. 두 눈이 아니라 여섯 눈이 봤다. 귀신이 곡할 노릇이지, 공이 연기처럼 꺼져버린 것이다. 지난 홀의 로스트 볼로 인해 꺽정 씨가 머리 위로 아지랑이가 피어오를 만큼 열을 받은 줄은 알지만, 캐주얼 워터가 분명한데 드롭이 안 된다는 억지는 꺽정 씨답지 않은 행동이다.

"공이 물에 잠겨 있었어요. 밖으로 집어낼 수 있습니다."

캐디가 거든다.

"노터치플레이, 볼은 있는 상태 그대로 플레이할 것. 어떠한 경우라도 그냥 치는 겁니다."

"룰도 모르면서 어떻게 싱글핸디캐퍼죠?"

"볼을 건드리거나 스코어를 속이는 자를 미국에서는 플로그
(flog)라고 합니다. 골프를 배신하는 부정행위라고 해서 골프
(golf)를 거꾸로 읽어서 플로그라는 이름으로 천대하죠."

"경우가 다르잖아요. 러프에 떨어진 공을 손을 집어낸 것도 아
닌데…… 규정집이나 다시 읽고 와요."

"공 다시 목욕탕에 담가요."

"어림 반푼어치도 없는 소리 말아요."

이러면서 싸웠다. 나는 나중에야 신호등이 있어도 교통순경의
수신호가 앞서듯이 공인규칙을 무시하는 도박꾼 세계의 비정한
헌장이 있음을 알았다. '어떠한 경우라도 드롭은 없다'라는 피도
눈물도 없는 헌장이었다.

그러나 오늘은 그림이 다르다. 디봇에 물은 고여 있지 않다. 잔
디가 움푹 패여 나간 자리에 공이 파묻히다시피 박혀있었다. 디봇
을 정리하지 않고 간 골퍼에게 저주 있을진저…….

어쩐다. 페어웨이 우드로는 분명 토핑*을 할 것이다. 스푼을 채
가방 안에 다시 꽂고 7번 아이언을 쥐었다. 제대로 맞을 턱이 없
었다. 내게 가장 친숙한 7번 아이언으로 공의 뒤쪽을 사납게 판
것이다. 전기 감전처럼 팔꿈치 관절에 충격이 전달된다. 눈물이
쏙 빠질 만큼 아프다.

"경운기 대령할까요? 힘들게 골프채로 땅 파지 말고."

팔랑개비처럼 웃음을 돌리며 염장을 지르는 사람은 물어 볼 필요도 없이 꺽정 씨다.

두 방이나 먹인 공이 날아간 거리가 단방으로 꺽정 씨가 날린 공의 거리보다 짧았다. 게다가 피치샷까지 짧아 공은 네 번을 두들겨 맞고야 그린에 올라갔다. 물론 첫 퍼트에 공은 들어가지 않았다. 더블보기이다.

꺽정 씨의 공은 깃대에서 불과 일 미터나 될까 말까 하게 붙어있었다. 이번에는 어떤 훼방을 받더라도 받아 놓은 밥상을 포식할 것 같다. 기분이 고약해진다.

그러나 끝까지 기도의 힘을 믿기로 한다. 그가 입가에 웃음을 물고서 공쪽으로 접근하고 있다. 나는 꺽정 씨의 공에 최면을 걸었다. 들어가는 척 만하여라, 제발 들어가는 척 만하여라.

역시 기도의 힘은 위대하다. 그의 공이 편안하게 굴러가긴 했다. 나는 눈을 감고 귀만 열었다. 일 초, 이 초, 삼 초, 셋을 헤아렸다. 딸그랑, 깡통에 동전이 떨어지는 소리도, 나이스 버디를 외치는 소리도 귀에 잡히지 않았다. 내가 눈을 떴을 때 공은 홀의 가장자리만 빙그르르 핥고 돌아 나오고 있었다.

"나 싫고, 너 싫고, 과부 싫어하라고…… 구멍 주변만 핥고 나오면 찝찝하잖니……."

꺽정 씨의 장탄식이 메아리로 울려 퍼졌다.

Golf & Sex
전화벨이 울리면 들어가던 것도 안 들어간다

제7홀
파3. 159미터. 핸디캡12. 그린이 언덕꼭대기에 있어서 뒤 핀일 경우 깃
발만 겨우 보임. 보자기를 펼쳐 덮은 듯한 포대그린이라 자칫 길게 쳐서
공을 뒤쪽 풀숲으로 빠뜨리면 파는 날아간 파랑새.

민호 씨는 제5홀에서 버디, 제6홀에서는 꺽정 씨와 같이 파를
했다. 민호 씨가 캐리 아너이다.

"깃대가 잘 안보이시죠? 그린 중앙을 향해서 치세요."

젊음은 생기가 있어서 좋다. 캐디의 목소리가 즙 많은 참배처럼
사근사근하다.

"이경훈 씨 홀인원 기념식수쪽으로 치란 말이죠?"

캐디의 지시에 민호 씨가 아무 생각이 없이 그렇게 말했다.

"그래요. 가신 분은 가셨지만……."

사근사근하던 참배가 갑자기 풀이 죽어버린다.

경훈 씨는 민호 씨의 친구이다. 아니 친구였다. 그는 얼마 전에 교통사고로 타계했다. 고속도로에서 운전중에 핸드폰을 받다가 시멘트로 만든 중앙분리대를 들이받았다. 병원에서 산소호흡기를 댄 채로 이틀인가 더 살다가 저 세상으로 갔다.

사고시각에 그와 통화를 하고 있던 사람은 수화기 속에서 튀어나오는 그의 비명을 들었다. 사고 차량의 조수석에서 뚜껑이 열린 채로 나뒹굴고 있는 그의 핸드폰이 정황을 증언해 주었다.

몇 달 전까지만 해도 같이 라운드를 하던 죽마고우였으니 만큼 민호 씨는 경훈 씨의 홀인원 기념식수를 보면 만감이 교차할 것이다.

"그의 산소에 온 기분이에요 그날도 우린 같이 라운드를 할 작정이었죠. 티오프 시각이 되어도 안 나타나기에 별의별 욕을 하며 씹어대고 있었거든요."

모두가 숙연해지고 있었다.

"골프 약속은 본인 사망이나 작은댁 해산 이외에는 취소의 이유가 없다고 장난삼아 다짐을 했는데…… 벌금 대신 술을 사라고 전화를 했더니…… 그런 비보가 기다릴 줄을 누가 짐작이나 했겠습니까? 참 좋은 친구였죠."

라운드 내내 경훈 씨는 친구들의 입도마에 올라 난도질을 당했다고 한다.

"골프 친구가 사라지는 날이 인생의 마지막 날이라던데…… 공통의 추억, 함께 당한 괴로움, 불화와 화해 같은 마음의 격동 등이 보물처럼 소중했다는 걸 그가 죽고 나서야 알았습니다."

그렇다. 포도주와 우정은 오래 묵을수록 깊은 맛이 난다. 오랜 친구를 대신할 만한 것은 아무것도 없다. 우정이란 나무는 잘 자라지 않는다. 어제 소나무를 심었다고 해서 오늘 그 그늘 밑에서 쉴 수는 없다.

죽은 사람은 더 이상 맞수가 아니므로 누구나 칭찬만 한다. 민호 씨도 경훈 씨의 생존 시에는 가끔은 비난도 했었는데 지금은 띄워주고 있다.

"정말이에요. 마흔 살이 넘으면 형님 아우가 없다던데, 먼저 가서 눕는 사람이 형님이래요."

"거꾸로 매달려 살아도 저승보다는 이승이 낫답니다."

"이렇게 펄펄 살아서 공 칠 수 있는 사람들은 다 복 받은 인간들이라고."

제각기 한 마디씩 살아있음을 찬미한다.

감기가 들었는가, 오열을 참고 있는 것인가. 티를 꼽으며 민호 씨가 쿨적거린다.

"민호야. 너 감기기운 있는 걸 보니 엊저녁에 빨가벗고 잤구나. 어린마나님 지극정성으로 모시느라고."

꺽정 씨가 또 우스갯소리를 뱉는다. 웃음의 낱알들이 푸른 하늘로 솟았다가 잔디 위로 하나씩 떨어진다.

민호 씨가 티에 공을 올려놓고 다시 내려온다. 앞 조가 아직 홀 아웃을 하지 않았다. 앞 조는 내기 골프를 하는지 그린에서 상당한 시간을 소비한다.

"마누라에게 지극정성 어쩌구 하니까 하는 말인데, 난 정말 그렇게 생각해요. 결혼도 골프처럼 헌신을 요구하죠. 용맹한 롱샷이 필요하고, 지극하게 정성들인 터치도 필수이고, 물론 완벽한 결혼도 없겠지만, 만족한 골프도 드물죠. 정말 골프 배우고 나서 골프하고 결혼생활하고 비슷한 점이 너무 많다는 것을 느꼈어요. 결혼에 실패한 경험담이기도 하지만 사소한 실수가 발단이 되어서 결혼이 파멸되는 수도 있듯이 한 번의 잘못된 샷으로 기분이 상하면 전체 라운드를 망치기도 하잖아요. 우정도 마찬가지예요."

그는 눈을 가늘게 뜨고 홀인원 기념식수를 응시한다. 소나무는 친구의 옛날 모습을 상기시키며 묘비처럼 서있다.

"그 친구가 순간의 실수…… 전화기에 대고 악을 쓰는 실수만 하지 않았더라면…… 아무리 화나는 일이었다고 해도 그렇게 흥분하지 않고 침착했더라면…… 모두들, 그런 악몽의 결과까지는 없었으리라 생각하죠."

그린에 깃대가 바로 세워졌다. 앞 조가 그린을 비웠다.

민호 씨가 때린 공이 둔탁한 타격 음을 남기고 날아갔다. 공은 그린에지에서 주춤거리다가 멈추고 만다.

민호 씨의 특기는 아이언 샷이다. 민호 씨는 죽은 경훈 씨를 제압하기 위해 두꺼운 책 위에 공을 올려놓고 책장이 한 장씩 찢겨 나가게 아이언 샷을 연습했다. 민호 씨의 집념을 눈치 챈 경훈 씨도 피나는 연습을 했다고 한다.

성취목표가 사라진 때문이지 경훈 씨의 사고 이후 민호 씨의 아이언 샷도 녹이 슬었다. 민호 씨가 어프로치마저도 실수를 한다. 공이 개구리처럼 풀석 뛰어올랐다가 주저앉고 만다. 이 홀은 핸디캡 12의 비교적 난이도가 적은 홀이다. 민호 씨의 연속 실수는 처음 본다.

"그 친구와 세 번 라운드에 두 번은 제가 졌죠. 그 친구를 제압하는 날이 도약의 출발점이 될 것이라고 혼자서 칼을 갈았는데……."

소나무 밑둥에서 겁먹은 눈을 굴리던 날다람쥐가 잽싸게 나무를 타고 사라진다. 솔방울 하나가 힘없이 떨어진다.

슬픔에 겨워 수다스러워지는 민호 씨를 꺽정 씨가 가로막고 나섰다.

"김 작가, 우리가 맨날 이렇게 아옹다옹 싸워도, 김 작가하고 나하곤 악연으로 얽힌 골프 친구 아닙니까?"

꺽정 씨가 은근슬쩍 다가와 내 어깨에 손을 얹는다.

"누가 아니라고 했나요? 칠성판 쓰고 눕는 날까지 버텨봅시다."

나는 어깨에 붙은 벌레인양 엄지손가락과 집게손가락만을 이용하여 그의 두꺼운 손을 집어낸다.

"공치다가 죽은, 아니 공치러 오다가 죽은 영혼을 위하여 묵념

합시다."

  민호 씨가 퍼터를 지팡이 삼아 짚고 고개를 꺾으며 엄숙하게 말
한다. 우리 모두는 옷매무새를 가다듬고 모자를 벗고 묵념을 한
다.

  그때였다. 경건해 지려는 분위기를 깨는 방정맞은 소리가 있었
다. 자발스럽게 울리는 껵정 씨의 핸드폰이다. 전자음의 가락으로
흘러나오는 밀양아리랑이었다. 날 좀 보소오…… 날 좀 보소
오…… 날 좀 보소오…… 동지섣달 꽃 본 듯이 날 좀 보소…….

  "그 전화 소리 때문에 들어가던 공이 놀래서 다시 기어 나오잖
아요. 공 칠 때는 전화 좀 꺼야죠."

  오십 센티미터도 안되는 퍼트를 놓친 경희가 악장치듯 껵정 씨
를 나무랐다.

Golf & Sex
가끔은 현금이 오고 가기도 한다

제8홀
파4. 309미터. 핸디캡 18. 완만한 내리막 경사의 페어웨이는 그린 쪽으로 갈수록 넓어짐. 핸디캡이 꼴찌인 홀인 만큼 초보도 파 사냥이 용이함. 슬라이스가 나면 페어웨이를 따라 길게 누운 벙커에, 혹이 걸리면 제7홀의 페어웨이로 공이 날아감.

"얘, 꺽정 씨가 진짜 신사라면 우정의 오비로 숙녀들에게 기쁨을 선사해주겠지?"

경희가 내게 낮은 목소리로 속삭인다.

"넌 신사를 한번도 못 만났나 보구나. 우정의 오비라니. 애초부터 우정이건 애정이건, 정 비슷한 것은 없는 인간이야. 경희야, 넌 그 정도 관상도 볼 줄 모르니? 저 화상이 오비를 날리게 생겼나."

나는 누구에게라도 똑똑히 들리도록 큰소리로 떠든다.

"저어, 숙녀분들 담소를 나누시는 중이온데 제가 공을 날려도 방해가 아니 되려는지요."

모자를 벗어서 가슴에 대고 허리는 반쯤 굽힌 채로, 자기가 제법 신사인 척, 중세의 기사라도 된 양, 정중하게 말한다. 떠들지 말라는 뜻이다.

"쉰네들 지저귐은 괘념치 마시고 니 맘대로 치시옵소서."

"그럼."

꺽정 씨가 티잉그라운드로 올라갔다. 드라이버 헤드로 티마커를 탕탕 두들겨서 우리의 주의를 집중시킨다. 티마커를 두 번 두들기는 짓은 내기의 판을 두 배로 키우자는 뜻이다. 매일 하던 짓이 자신도 모르는 사이에 버릇으로 굳어져버렸으리라. 예전대로라면 제8홀쯤에는 내기의 판이 적어도 두 배로는 커졌을 것이다.

"우리 그래도 무료한데 장타자라도 뽑읍시다. 김 작가하고 경희 씨는 여성티에서 치고."

꺽정 씨는 현금이 오고가지 않는 판이라 어지간히 심심했던가 보다.

"좋아요. 세종대왕님을 한 장씩 묻읍시다."

드라이버 샷의 평균거리가 나보다는 앞서는 경희가 쌍수를 들어 환영했다. 여성티가 오십 미터 가량 앞으로 나와 있어서 해볼만한 시합이라고 생각한 것이다.

꺽정 씨의 공이 날아가고 있다. 터보엔진을 단 로켓처럼 공기를 가르고 바람을 일으키며 비행했다. 역시 그의 공은 모범생처럼 바르고 정확한 길로만 갔다.

충북 보은에는 천연기념물로 지정되어 보호받고 있는 정2품 소나무가 있다. 이 노송은 나라님으로부터 벼슬을 받았다. 한국을 해외에 알리는 안내책자나 우표에도 그 아름다운 자태가 실려 있다.

오래된 나무에는 영(靈)이 있다고 한다. 그래서 옛사람들은 오래된 나무에 소원을 빌었다.

이 골프장에도 보은의 정2품 소나무에 버금가게 오래된 소나무 한 그루가 있다. 바로 제8홀의 페어웨이이다. 티잉그라운드에서 이백오십 미터 지점에 떠억 보란 듯이 버티고 서서 위용을 과시한다.

나도 이 소나무에 내 소원을 빌고는 했다. 나는 세계평화나 국토통일 같은 거창한 원을 빌어본 적은 없다. 고작해야 버디를 기원했다. 하지만 오늘 나는, 영험한 소나무 할아버지, 꺽정 씨의 공을 할아버지의 철책 안으로 끌어들여주소서, 이렇게 속으로만 남몰래 기도했다.

티잉그라운드에서 그린까지 완만하게 내리막으로 경사져있으므로 꺽정 씨 정도의 장타자라면 무엄하게도 소나무가 서 계신 곳을 앞질러 거의 그린까지 공을 보내기도 한다.

그러나 함정은 있다. 소나무의 가장자리를 철책으로 둘러놓았다는 점이다. 철책의 반지름이 이 미터가 넘는다. 그 철책 안으로 들어가면 벌타 없이 드롭을 하도록 로컬룰이 정하고 있다.

벌타는 없지만 깃대와 공이 떨어진 지점을 잇는 뒤쪽으로 드롭을 해야 하므로 공의 진로를 소나무의 가지가 방해한다. 공을 그린에 올리기가 쉽지 않다.

그 소나무가 서 있는 어름에서 날카로운 금속성 음향이 들려왔다. 걱정 씨가 때린 공이 철책을 때리고 안쪽으로 떨어지고 있었다. 공이 반으로 쪼개지지나 않았는지 궁금하다.

민호 씨의 공은 제7홀 쪽의 숲으로 들어갔다. 경희의 공도 오른쪽으로 휘어서 러프로 들어갔다. 나는 악지를 부릴 필요가 없다. 공을 앞으로 반듯하게 보내면 된다. 온몸을 비틀어 쥐어짜는 용을 쓸 까닭이 없다.

나는 거리 따위는 아랑곳하지 않고, 내가 연출 할 수 있는 가장 우아하고 섹시한 폼으로 나비처럼 팔랑, 날개를 저였다. 공은 가볍게 하늘로 떠올랐다가 꽃잎처럼 하르르 떨어져 내렸다.

이런 때 기분이 뜯어진다고 하나보다. 이렇게 돈벌기가 쉬운 줄은 참말로 몰랐다. 공짜로 사만 원을 벌었다는 사실에 감격했다.

이 불로소득으로 무얼 하나. 오늘 저녁 찬거리로 싱싱한 대구를 한 마리 사서 미나리도 조금 넣고 식초 몇 방울 톡톡 떨어뜨려서 대구지리를 끓일거나…… 청주도 한 병 데워야지…… 귀까지 올라간 입꼬리가 내려지지 않는다.

제8홀과 제7홀은 나란히 일직선으로 뻗어있다. 머리를 반대 방향으로 두르고 누워있는 형국이다. 제7홀은 키가 작아서, 머리인 그린이 제8홀의 허리께 밖에 못 미친다. 제8홀에서 두 번째 샷을 치기 위해 내려오면 제7홀을 준비하는 골퍼들이 보인다.

꺽정 씨의 공을 찾아주러 철책 안의 기다란 풀을 헤치는데 화살처럼 날아오는 강한 시선이 느껴진다. 제7홀 쪽이다. 돌아보니 티잉그라운드에 올라서서 빈스윙을 하던 남자가 내게 미소를 짓고 있다.

하얀 치아에 반사되는 햇빛이 눈을 찌른다. 누구인지 분간해내기에는 조금 먼 거리이다. 승헌 씨인 것 같다. 승헌 씨일 것이라고 생각하는 순간 갑자기 가슴에서 다듬이질하는 소리가 난다.

철책 밖으로 공을 꺼내기는 했지만 아름드리 소나무가 공의 진로를 막아서 꺽정 씨는 깃대를 겨누어 쏠 수가 없었다. 그린 옆의 벙커에 빠졌고, 깃대와 너무 먼 곳에 공을 올렸고, 세 번의 퍼트를 거쳐 홀아웃을 했다.

영험한 소나무 할아버지의 도움으로 꺽정 씨가 드디어 더블보기를 한 것이다. 그것도 핸디캡이 18인 서비스 홀에서. 역시 기도의 힘은, 소나무 할아버지의 영험은 위대하다.

예상치도 못한 승헌 씨를 만난 것도, 네 명 중에서 공을 제일 짧게 보내고 4만 원을 독식한 것도, 소나무 할아버지의 영험이 아닐까.

Golf & Sex
클라이맥스에서 심장마비로 사망하기도 한다

제9홀

파5. 489미터. 핸디캡2. 산자락의 지형을 이용한 페어웨이가 이채로움.
페어웨이는 그린까지 가파른 오르막이면서 왼쪽에서 오른쪽으로 흐르고
있음. 또한 산자락을 따라 굴러 내려오는 공을 주식으로 삼는 악마 같은
벙커가 페어웨이 오른쪽에 일렬종대로 다섯 개나 아가리를 벌리고 있음.

나는 제9홀의 티잉그라운드에 서면 지레 힘이 빠진다. 홀까지의
거리가 너무 멀다고 느껴진다. 깃발이 펄럭이는 고지까지 헐떡거
리며 공을 치고 또 쳐야한다는 사실만으로도 숨이 차다. 그리스신
화속의 시시포스처럼 헛된 노력을 하는 것만 같다. 아니 오늘만
그렇다.

누군가를 가슴에 품고 있다는 건 고통스럽다. 낭떠러지에 안간
힘을 쓰며 매달려 있는 듯하다.

전 홀에서 승헌 씨가 나를 알아봤다고 느끼는 순간부터 두방망
이질 치던 가슴의 박동이 가라앉지 않는다. 호랑나비 한 마리가

팔랑팔랑 내 곁을 맴돌면서 따라오고 있다. 그가 보낸 전령인가. 나는 자꾸 뒤돌아본다.

외로움은 상황이 아니라 감정이다. 개선하는 나폴레옹도 외롭다고 했다. 승헌 씨와 나 사이의 거리가 갑자기 나를 고독에 휩싸이게 한다.

"열여덟 홀, 네 시간 이상 걸리는 플레이 중에서 실제 샷으로 소요하는 시간은 얼마나 되는지 알아요?"

민호 씨가 엉뚱한 소리를 한다. 민호 씨는 어디선가 난센스 퀴즈를 잘 물어 와서 좌중을 한바탕 웃기는 재주가 있다. 나는 또 객적은 장난인가 싶어 잔머리를 굴려본다. 글쎄, 몇 분쯤이나 될까.

"엊저녁에 책에서 읽었는데요. 겨우 삼 분 남짓이래요. 나머지 네 시간은 생각하고 반성하고 후회하고 계산하고 분발하고 자신을 굳히고 때로는 의기소침하며 낙담하고 자포자기하는 심리변화의 시간들이랍니다."

"어떻게 그렇게 긴 문장을 외웠어요?"

경희가 토끼처럼 동그란 눈을 하고 민호를 바라본다.

나는 지금 골프에 대해서가 아니라 승헌 씨를 생각하고 있다. 그에게 한 행동을 반성하고 뉘우치고 있다. 앞으로 그와의 관계를 계산하고 분발하자고 다짐한다.

"그 글을 읽으면서 삼 분 남짓의 샷을 하려고 네 시간을 넘게 심혈을 기울이는 스포츠는 골프, 그리고 섹스밖에 없을 것이란 생각이 들더라구요. 이븐 파를 친다고 해도 일흔두 번 채를 휘두르는 데 삼 분이면 족하고, 섹스도 열여덟 번 오르가슴의 소요시간을 다 합해도 삼 분을 넘지 못할 테고……."

승헌 씨 앞에서 의기소침하고 낙담하고 자포자기하는 내가 바보 같다. 나는 고개를 숙이고 발끝으로 땅을 판다.

"골프의 클라이맥스는 퍼트이고, 섹스의 클라이맥스는 오르가슴인데……."

분명, 꺽정 씨가 날더러 들으라고 하는 소리일 것이다.

"그래서 퍼트하다가도 심장마비, 머머하다가도 복상사 심장마비래요?"

"지난겨울 여기서 퍼트하다가 심장마비로 돌아가신 신부님 있잖아. 그럼 신부님도 오르가슴을 느끼시다가 심장에 마비가 온 걸까?"

"난, 오르가슴은 싫어요. 심근경색을 일으켜서 죽은 오리가슴이 맛있다니까, 오늘 19홀은 오리진흙구이로 합시다."

경희와 꺽정 씨가 셔틀콕을 맞받아치듯이 대거리하는 본새를 나는 귓등으로 흘려듣고 있다.

그린에 오르면서 산 아래로 눈을 돌리니 티잉그라운드에서 승헌 씨가 바람의 세기와 방향을 보느라 풀을 뜯어 허공에 날리고 있다. 아니 나를 향해 손을 흔드는 동작이리라. 나도 그에게 손을 흔들어주고 싶다.

"그린에서 보는 모습이 제일 이뻐요."

언젠가 승헌 씨가 내게 말했다. 나는 귀에 날아와 앉는 그의 목소리보다 기름을 부은 등잔처럼 불꽃이 화악 피어오르는 그의 눈빛을 먼저 감지했다. 그는 내가 칩샷하는 양을 바라보고 있었다.

내 특기는 어프로치샷이다. 스윙의 회전반경이 크고, 꼬임이 깊숙해야하는데 그렇지 못한 탓에 나는 드라이버나 아이언의 비거리가 남보다 길지 못하다. 치명적인 약점이기도 하다. 아무리 공을 원하는 방향으로 보낼 수 있어도 비거리가 짧으므로 파4홀에서 레귤러온이 잘 안된다. 보기플레이어일 수밖에 없다.

드라이버나 아이언샷이 남성적이라면 어프로치샷과 퍼트는 여성적이다. 전자는 힘이, 후자는 기술적인 정교함이 필수이다. 남성의 매력은 남성다움이고 여성의 매력은 여성다움이지 않던가.

나는 필드에서 살아남을 수 있는 자구책으로 힘 안 드는 부문에서 장기를 갖추고자 했다. 그래서 피칭웨지와 샌드웨지를 길들이는 데 부단히 노력했다.

그러나 내가 승헌 씨 앞에서 어프로치를 시도할라치면 온몸에 전율이 일어나고, 후들후들 다리가 떨리고, 오줌을 지릴 것처럼 긴장하는 줄은 아무도 모를 것이다.

"다른 곳에선 절 본 일이 거의 없잖아요. 부엌에서 요리하는 모습이라던가, 댄스파티에서 드레스 입고 춤추는 모습이라던가, 좀 말하긴 그렇지만, 침실이라든가."

그의 눈빛을 읽지 않았더라도, 깃대를 간질이려고 공이 슬금슬금 굴러가는 순간, 하나밖에 안 남은 속옷이 벗겨지는 느낌이었기에 그런 말이 나도 모르게 입 밖으로 나왔다.

당구 게임을 하면서 저속한 표현이기는 하지만, '애인 팬티 벗기듯이'라는 말을 쓴다. 정성을 다하여 조심스럽게 사알짝 비껴가듯이 공을 맞추라는 뜻이다.

공이 깃대에 붙어있다. 고개를 갸웃이 숙이고 구멍 속으로 들어갈까 말까 고민하고 있다.

— 볼은 나의 분신이다. 나의 모든 의지를 구체화한 것이다. 스윙은 나의 메시지를 볼에 전달하는 수단에 불과하다. —

라고 했던 미국의 프로골퍼 벤호건의 말이 떠오른다. 내가 전하고자하는, 그러나 전해서는 안 되는 메시지를 승헌 씨에게 들킨 것만 같아 나는 얼굴부터 붉어진다.

내가 불순한 생각을 하는지도 모른다. 아니, 불순한 생각까지는 괜찮다. 말로, 행동으로만 옮기지 않는다면, 내가 외간남자와 연애를 꿈꾸든 살인을 계획하든 타인에게 피해를 주지 않는다.

그러나 눈은 마음의 창이고, 입은 머릿속의 생각을 까발린다. 나는 촉촉하게 젖은 눈에 마음속의 메시지를 실어 그에게 전해서도 안 되고, 침실 운운 따위로 그를 유혹해서는 안 될 것이다.

"심장마비 일으키겠네. 이글인 줄 알았잖아요."

경희의 외침에 뒤돌아보니 꺽정 씨의 칩샷이 깃대를 스쳐 한 뼘도 안 되는 곳에 멈추고 있었다. 정말로 꺽정 씨는 외모와는 달리 '애인 팬티 벗기듯이' 지극히 부드럽게 공을 굴려 깃대에 바짝 붙인 것이다. 나는 승헌 씨의 생각에 사로잡혀 시이불견(視而不見)이었다.

손발이 떨리고 가슴이 두근거리고 머리가 멍해진다. 꺽정 씨에게 이글을 맞을 뻔해서 일어난 증상은 아니다. 오로지 승헌 씨 탓이다.

흔히 골프를 집중의 게임이라고 하는데 집중의 극치는 무(無)에 집중하는 것이라고 한다. 정신집중이란 목적의 완전수행을 위해 플레이 중에 끊임없이 자신을 감시하는 것이라고 한다. 나는 자문한다.

"나 지금 골프하는 것 맞아?"

Golf & Sex
에티켓을 갖춘 사람이 환영받는다

제10홀
파4. 핸디캡7. 383미터. 페어웨이 중간까지는 완만한 내리막이다가 점점 하향의 경사가 심해짐. 티샷의 공이 날아가는 방향만 보일 뿐 떨어지는 지점은 볼 수 없음. 대체로 여성 골퍼의 티샷은 급경사의 내리막이 시작되는 지점까지는 도달 못함.

아웃코스를 돌고 인코스로 들어오니 채가방들이 밀려있다. 우리 가방은 세 번째 줄에서 대기 중이다. 조와 조 사이의 시간을 육 분으로 계산하면 십이 분 이상을 기다려야 한다. 그렇다면 내가 티잉그라운드에 올라서기 전에 뒷조의 뒷조인 승헌 씨가 나타날 것이다.

"안녕하세요? 여기서 뵙다니. 공은 잘 맞아요?"

입 속에서 그에게 할 말을 굴려본다. 일상적인 평범한 인사말밖에는 떠오르지 않는다. 그의 가슴에 화살처럼 꽂힐 멋진 대사는 없을까.

"뵙고 싶었는데…… 원(願)이 강하면 하늘이 도와주나 봐요."

이것은 너무 간지럽다. 적나라하게 내 감정을 드러내고 싶지는 않다. 우아하게 꼬리치는 법이 없을까.

그늘집에서 우동 한 그릇을 비우고 나왔는데도 승헌 씨의 가방은 아직 건너오지 않고 있다.

나는 의자에 앉아 손톱을 깨물다가 손바닥을 들여다본다. 손이 참 못생겼다. 오른손 엄지 첫마디에 굳은살이 박혀있다. 스윙의 정점에서 손과 그립이 따로 논다는 증거이다. 개선해 보려고 노력은 하지만 한번 고착된 버릇은 좀처럼 고쳐지지가 않는다.

언제부터인가 인간은 친근하게 접촉하는 한 형식으로서 악수라는 방법을 고안해냈다. 인사를 나눌 때, 상호감정을 교류하는 악수가 없다면 서명이 없는 증서를 받는 것과 같을 것이다. 눈은 시각으로, 귀는 청각으로, 코는 후각으로 바쁘게 제 할 일을 한다.

자유의사로 빠져 나오려는 손을 묶어두기에 주머니는 너무 헐렁하다. 앞섶의 단추는 손을 위해 달아놓은 물건이 아니다. 할 일이 없어 반발하려는 손에게 인간은 악수라는 임무를 주었다. 염치없이 튀어나온 손은 악수라는 형식으로 정당해진다.

나는 가끔 표현력이 너무 강한 손을 벌주고 싶어진다. 다행히도 내 손은 못생겼고 건조하지만 뜨거운 체온을 지녔다. 나는 승헌 씨를 만나면 시골 처녀가 저고리 고름을 입에 물듯이 수줍게 미소지으며 뜨거운 악수를 전해야겠다.

"서울에서 부산까지 가장 빨리 가는 방법을 아는 분?"

마음이 승헌 씨를 향하고 있어서일까. 나는 나름대로의 답을 생각하고 동반자들에게 묻는다.

"그야, 비행기로 가야지."

말꼬리가 사라지기도 전에 꺽정 씨가 대답한다.

"그렇게 간단하게 답이 나올 문제면 김 작가가 묻지도 않았을 테지…… 뭘까……."

민호 씨는 난센스 퀴즈라고 믿는 눈치이다.

"그럼 김 작가하고 나하고 온갖 방법을 다 동원해서 실험을 해봅시다. 기차도 타보고 비행기도 타보고 인천항에서 배도 타보고."

"더 이상 해괴망측한 소리가 나오기 전에 정답을 말씀드리죠. 정답은…… 사랑하는 사람하고 같이 가는 거예요."

사랑하는 사람과 함께 하는 시간은 화살처럼 지나간다. 고통스런 시간은 상대적으로 길다.

사랑하는 사람과 비가 새는 초가삼간에서 살 것인지, 미운 사람과 고대광실에서 호의호식할 것인지를 택하라 한다면, 나는 사랑하는 사람을 택한다. 사랑하는 사람만 곁에 있다면 언제 어디에 있더라도 행복할 것 같다.

"맞다. 난 꺽정 씨하고 같이 가는 것보다는 벼룩 세 마리를 내복속에 넣고 가는 편이 나을 거야."

경희의 말에 나, 민호 그리고 캐디까지 폭소를 터뜨린다. 웃지 않는 사람은 꺽정 씨 뿐이다. 그러나 꺽정 씨는 화를 내지 않는다. 경희는 꺽정 씨가 화를 내지 않을 것을 알기 때문에 늘 꺽정 씨에게 깐죽댄다.

소위 '구찌'라고 일컬어지는 말방해도 언제나 꺽정 씨를 겨냥해서 날린다. 하기야 옛말에도 화를 더디 내는 사람이 용사보다 낫다고 했다. 그런 면에서 꺽정 씨는 너그러운 인품을 가졌다.

일렬로 정렬해 놓은 채가방을 보니 여태껏 우리를 앞서 갔던 앞 조의 가방이 아니다. 누군가가 끼어든 것이다.

아니나 다를까, 꺽정 씨가 진행요원에게 항의하러 가고 있다. 그가 말다툼이라도 벌인다면 플레이가 엉망이 될 것이다. 나는 꺽정 씨의 뒷덜미라도 낚아채서 분란을 말릴 작정이었다.

"공 잘 맞습니까. 고 프로님, 저희가 감히 고 프로님 앞에서 걸 거치게 되었습니다."

이젠 죽었구나, 하고 말린 북어처럼 꼿꼿하게 서 있는 진행자를 밀어내며 한 사내가 모자를 벗었다. '걸거치다'는 말은 이 지방의 사투리다. 보아하니 꺽정 씨와는 한 동네 친구인 것 같다. 변죽 좋게 너스레를 떠는 그 사내와 꺽정 씨는 악수를 나누고 안부도 묻는다.

"내가 공 치자고 하면 다 도망가던 놈들이…… 내가 저 팀으로 붙으면 오늘 일당은 가뿐한데……."

전의를 잃고 돌아온 꺽정 씨가 입맛을 쩝쩝 다신다. 잘 차려진 밥상을 보기만 하고 먹지는 못하는 아쉬움을 나는 십분 이해해주기로 한다.

다른 날 같았으면 나도 덩달아서 이 골프장의 분별없는 부킹질서에 핏대를 올렸을 것이다. 그러나 오늘 나는 다소곳하게 참고 있다.

이만큼 지연되고 있기 때문에 잠시라도 승헌 씨의 얼굴을 볼 수 있는 것이다. 목을 길게 빼고 승헌 씨의 채가 도착하기를 벼르는데 경희가 내 등을 떠민다. 빨리 티샷을 준비하란다.

티샷을 마치고 페어웨이로 내려서는데 뒤통수가 간지럽다. 하루살이가 목 근처에서 꼬물거리는 것 같다. 돌아보고 싶은 마음이 굴뚝처럼 솟는다. 그러나 나는 그냥 장난감 병정처럼 앞만 보고 걸어간다.

파랗게 펼쳐진 하늘에서 잠자리들이 짝짓기를 하고 있다. 수십 쌍이 어지러이 날고 있다. 내 공 위에도 한 쌍이 다정하게 끌어안은 채 앉아있다. 나는 잠자리들이 다른 밀회 장소로 옮겨갈 때까지 기다린다.

"옆구리가 시려서 바람나고 싶어지는데, 잠자리들마저 약을 팍 팍 올리네."

언제 왔는지 꺽정 씨가 장갑을 벗어 부채처럼 바람을 일으켜 잠자리를 쫓아낸다. 잠자리는 그네들의 낙원을 찾아 날아간다. 잠자리가 날아간 하늘은 닦은 거울처럼 맑다. 무심한 회색 구름조각이 거울에 제 모습을 단장하고 있다.

어차피 레귤러온은 가망이 없으므로 나는 가장 만만하게 휘두를 수 있는 5번 우드를 잡는다. 대충 맞아도 숏아이언으로 온그린 시킬 수 있는 거리가 남으리라. 쓰리온에 투펏 작전이다.

욕심을 버리니까 우드도 아이언도 잘 맞아준다. 공과 깃대까지의 거리는 일 미터 남짓이다. 파의 확률이 오십 퍼센트는 된다. 나는 신중을 기하려고 쭈그려 앉아 그린의 기울기를 읽는다.

"내가 버디를 했으니까 오케이를 주는 겁니다."

꺽정 씨가 내 공을 집어준다.

"큰 내기 걸렸을 때, 그런 신사도를 발휘해 보시지. 지금은 반갑지도 않아요."

조금 전에, 진행자에게 따지려고 달려갈 때는 벼슬세운 쌈닭 같더니 그래도 지금은 신사의 냄새가 상큼하게 풍긴다.

Golf & Sex

백문이 불여일견. 경험이 없는 사람에게는 설명해주어도 그 재미를 모른다

제11홀

파5. 563미터. 핸디캡5. 그린을 향해 길고 평탄한 페어웨이가 뻗어있음. 좌측은 오비이자 일렬로 네 개의 벙커가 누워있음. 우측은 송림. 만만치 않은 페어웨이의 길이가 핸디캡의 순위를 지켜줌. 티샷을 충분히 날려줄 것을 권장함.

나는 제11홀을 해시계 홀이라고 부른다. 고른 키의 소나무들이 페어웨이에 드리운 그림자로 시각을 어림할 수 있기 때문이다. 몽당연필처럼 짧은 그림자로 미루어 짐작하건대 지금은 오후 한 시 반쯤 되었으리라. 여름에 비해 기운이 쇠락했어도 초가을의 볕은 아직 다사롭다. 티잉그라운드에서 페어웨이를 바라보면 좌측인 남쪽으로 소나무가 성벽처럼 도열해 있고 그 바깥쪽으로는 철망이 울타리를 치고 있다. 울타리 너머는 자동차 도로이다. 나무 기둥 틈새로 정류장에서 버스를 기다리는 사람이 가끔 눈에 띄기도 한다. 하늘을 비질하며 서 있는 소나무는 한길 쪽으로 튀어나가는 공을 막아줄 뿐만 아니라 도로에서 들려오는 소음을 걸러준다. 소나무는 햇살이 따가운 여름날은 그늘을 골라 딛을 수 있게 하고, 바람이 몰아치는 겨울은 바람막이가 되어준다.

민호 씨는 늦은 나이에 골프를 배웠다. 골프 애호가들과 술자리를 하다가 자신만 빼놓고 하도 골프 얘기를 하기에 술상을 뒤집고 나온 '골프타도부대'의 기수였다. 그런 그가 변절하여 '골프애호부대'의 졸병이 되었다. 아니, 아군이 적군이 되면 배신, 적군이 아군이 되면 전향이라고 한다니, 우리는 민호 씨의 변절을 전향이라고 해주자.

우리나라 골프 야사에도 골프 타도를 외치다가 변절하여 골프애호부대에 입대한 골퍼들의 이야기가 심심치 않게 나온다.

당대 제일의 논객이었던 최석채 씨는 조선일보 주필 시절 '골프망국론'이라는 사설을 써서 화제가 되었다. 자유당 시절에 대구매일신문 테러사건 때 자유당 정부를 칼날처럼 비난해서 옥고를 치를 만큼 자신의 주장은 죽음을 무릅쓰고 관철시켰던 분이다.

그가 골프에서만은 자신의 주장을 꺾었다. 증오를 사랑으로 바꿨다.

최석채 씨가 전향하게 된 동기는 어느 기록에도 나와 있지 않지만, 민호 씨가 전향하게 된 동기는 단순하다.

뭐가 그리 좋기에 뭉치기만 하면 골프, 따로 흩어져서도 골프를 하는가가 궁금해졌다고 한다. 민호 씨는 골프를 미워하기 위해서는 제대로 알고서 미워하자는 생각에서 골프채를 잡았다.

"앉아서 하는 놀이 중에 으뜸으로 재미있는 놀이는 마작이요, 누워서 하는 놀이 중에서 제일 재미있는 건 섹스요, 서서 하는 놀이 중에서는 골프랍니다."

좌우간 민호 씨의 입에서 이런 말이 나오게 된 건 그가 골프채를 잡은 지 일 년이 조금 넘을 즈음이었다. 우리 골프애호부대원들은 민호 씨의 전향을 쌍수를 들어 환영했다.

그 후로 골프애호부대의 졸병인 민호 씨를 한 단계 승진시켜줘도 될만한 사건이 생겼다.

민호 씨가 골프라운드를 하고 온 날이었다. 한밤중에 그의 아내는 거실에서 들려오는 예사롭지 않은 인기척에 잠에서 깨어났다. 옆자리를 더듬어보니 남편이 없었다. 남편이 거실에 있을 것 같지는 않았다. 안방에 화장실이 달려있으니 이 시각에 남편이 거실에 있어야 할 이유가 없었다. 도둑인가 싶어 무서움에 벌벌 떨면서 안방 문을 열고 거실 쪽을 내다보았다. 휘영청 달이 밝아 거실은 희뿌연하게 밝았다. 거실의 집기들이 달빛에 젖어 기괴한 형상으로 살아 있는 듯이 숨을 쉬는데, 민호 씨가 속옷만 입은 채로 거울 앞에서 이상한 짓을 하고 있었다.

그녀는 달밤에 체조하는 것도 정신병자가 병이 도져야 나타나는 증상이라고 알고 있었다. 그런데 민호 씨의 행동이 바로 달밤의 체조였다.

두 손을 모아 쥔 채로 위로 올렸다가 내리기를 반복하기도 하고, 몸통을 좌로 꼬았다가 우로 비틀었다가 하면서 보건체조도 아니고 요가도 아닌 이상한 몸놀림을 하고 있었다. 더구나 그의 얼굴은 웃었다 찡그렸다 희비애락의 갖가지 표정으로 변화무쌍했다. 혼자 구경하기에는 참으로 아까운 광경이었지만, 관람에 동참할 관객이 따로 없었기에 그녀는 혼자서 넋을 잃고 감상했다.

　"나, 방금 심오한 진리를 하나 깨달았지. 임팩트 시에 머리가 뒤에 남아야 한다는 거. 내가 여태껏 스웨이를 했어."

　한참만에야 아내의 출현을 깨닫고, 민호 씨가 무릎을 두드리며 한 말이었다. 그녀는 너무도 뚱딴지같은 말이라 언뜻 알아듣지 못하고 눈만 비비며 서있었다.

　그러나 그는 아무 일도 없었다는 듯이 아내의 등을 다독거리더니 씩씩하게 안방으로 걸어 들어가 다시 이불을 둘러썼다.

　갓 시집온 새댁인 그녀는 몽유병 같은 난치의 정신병이 있는 사람에게 속아서 시집왔다고 생각했다. 그래서 경희에게 전화를 걸어 신세한탄을 했다.

　이것이 경희의 입을 통해 퍼진, 한밤중에 들여다본 민호 씨네 집 침실 풍경이자, 민호 씨가 골프애호부대의 졸병에서 한 단계 승진하게 된 기특한 사유이다.

　"그래도 선친께서 말씀하시길 남자의 마지막 오입은 사냥이라 하셨습니다."

자신의 투항에 대한 발명인지 민호 씨가 중언부언했다.

어느 날 그가 골프채 대신 사냥총을 메고 산으로 들로 헤맬지는 아무도 모를 일이다.

골프가 그렇듯이 사냥 역시 해보지 않은 사람은 그 묘미를 알 수 없을 것이다. 또한 한 번 배신한 사람은 다시 배신할 확률도 높다고 한다.

"여자 사냥이든 짐승 사냥이든 해보세요. 골프를 따라올 만한 스포츠가 있는지."

경희가 말했지만 나도 동감이었다.

"사모님, 사장님, 공 치고 가세요."

캐디의 지청구에 놀라 돌아보니 공이 저만큼 우리의 뒤에 놓여 있었다. 이야기에 정신이 팔려 하염없이 공을 앞질러 걸었던 것이다.

이야기를 하느라 리듬이 깨졌는지 민호 씨가 날린 공이 오른쪽으로 휘어졌다. 소나무 숲으로 들어가 버렸다. 오른쪽은 제12홀이다.

"7번이나 8번 아이언으로 굴려서 나와야지 공을 띄우면 가지에 걸린다구."

피칭웨지를 들고 가려는 민호 씨에게 꺽정 씨가 충고를 한다. 민호 씨는 아직까지 꺽정 씨가 알려주는 기술을 구사하지는 못한다.

믿지 못하겠다는 듯이 고개를 갸우뚱했어도 민호 씨는 꺽정 씨

의 충언을 받아들인다. 갈퀴로 낙엽을 긁는 듯한 빈스윙 소리가
두 번 들린다. 곧 민호 씨가 친 공이 소나무 사이로 굴러 나온다.

누구라도 열여덟 개의 홀 중에 어느 한 홀은 프로골퍼보다 잘 할
수 있다고 한다. 나는 언제나 이 말을 곱씹으며 플레이에 임한다.

그러나 여기 제11홀에서만은 그 말이 통하지 않는다. 여성티가
남성티보다 거의 백여 미터나 앞에 나와 있다 하더라도 세 번의
샷으로 공을 그린에 올리기가 만만치 않다.

나는 이 홀에서 버디를 낚아본 적이 있다. 네 번째 칩샷이 구멍
에 들어가 주었다. 칩샷이 들어간 경우는 실력도 실력이지만 운이
다. 레귤러온이 안되는 내 드라이버나 페어웨이우드 샷을 원망해
보기도 한다.

위기 탈출에 성공한 민호 씨는 보기, 나는 간신히 네 번 만에 올
리기는 했지만 쓰리펏을 범해서 더블보기이다. 투펏으로 마감하
지 못했음이 아쉽다.

Golf & Sex
플레이 중에는 금연을 요구한다

제12홀
파4. 330미터. 핸디캡11. 페어웨이 좌우로 곧게 자란 소나무들이 벽처럼 늘어서 있음. 이 페어웨이는 그린을 향해 갈수록 폭이 좁아지며 오른쪽으로는 깊은 숲이 러프와 연결되어 공이 숨으면 쉽게 찾지 못함.

    일본으로 골프 여행을 다녀온 적이 있다. 내가 갔던 골프장은 각 홀마다 특별한 이름이 붙어 있었다. 홀의 생긴 모양에 따르거나 난이도에 따라 붙여진 이름 같았는데, Find me out, Eden, Demon's hand, Noah's Ark, Lone maple, The fork in the road, Hit and pray, Water kappa, Double or nothing, Happy knoll 등이었다.
    페어웨이가 좁아서 영락없이 오비의 쓴맛을 볼 것 같은 'Find me out', 이 세상 어딘가에 에덴이 존재한다면 바로 여기가 아닌가 하는 착각이 들 정도로 녹음방초가 우거지고 새들이 지저귀던

'Eden', 소풍 나온 듯이 잠시 잔디에 앉아 푸른 하늘도 바라보고 뺨을 스치는 바람도 만져보며 쉬었다 가고 싶은 'Happy knoll', 페어웨이가 넓고 길며 낮은 지대에 위치했던 'Noah's Ark', 작은 그린이 연못과 바투 붙어있어서 공을 세우는 기술이 없으면 티샷을 날리고 기도하는 수밖에 없었던 'Hit and pray', 'Demon's hand'라는 파4의 홀은 악마의 손으로 주물러놓은 홀이니 골퍼를 얼마나 골탕을 먹일까 싶어 지레 겁부터 먹었는데, 괜히 이름만으로 기를 죽이는 홀이었다. 거대한 벙커가 티샷한 공이 떨어질 위치에 커다란 입을 벌려 환영의 뜻을 표하고 있었다. 벙커는, 태산만한 몸집을 가진 악마가 하늘에서 골프를 하다가 떨어뜨린 골프장갑 한 짝이 지상에 찍은 무늬 같았다.

나는 골프코스는 9의 배수인 9홀, 18홀, 27홀, 36홀로 이루어지는 것이라고 생각을 해왔는데, 그곳에는 특이하게도 'Double or nothing'이라고 이름이 붙은 제19홀이 있었다.

내게 작명의 권한이 있었다면 나는 19번 홀을 '죽기 아니면 까무러치기'라고 명명했을 것이다. 칠십 미터의 파3홀이었다.

나는 그때까지 그린을 벙커가 둘러싸고 있다든지 연못 한가운데 그린이 떠있는 경우는 많이 보아왔다. 그러나 벙커를 띠처럼 에워싸고 있는 그린은 처음 보았다. 게다가 그린의 주위도 세 개의 커다란 벙커가 둘러싸고 있었다. 프라이팬 안의 계란프라이가 연상되는 홀인데, 프라이팬은 모래벙커, 흰자위는 녹색그린, 노른자위

역시 모래로 채워진 벙커인 것이다. 'Double or nothing' 이라는
제19홀은, 열여덟 개의 홀을 도는 동안 실력으로 승부가 나지 않
는다면 겸허한 마음으로 하늘의 심판을 따르라는 코스 설계사의
고심 끝에 탄생한 역작이었다.

　민호 씨가 담배를 피우고 있다. 나도 담배를 한 개비 얻어 불을
붙인다.

　"맛이 좋아요?"

　민호 씨의 물음은 의미가 깊다. 그는 나처럼 담배를 맛있게 피우
는 여자를 못 보았다고 했었다. 나는 첫 모금은 항상 두 볼이 마주
닿도록 빨아들인다. 한 입 가득 빨아들인 연기를 몽땅 다 들이마
신다.

　머리 풀고 올라가는 담배 연기에 시름도 없어 공중으로 날려 보
내는 맛이란 기가 막히다. 폐에서 니코틴이 여과된 담배 연기는
하얗게 표백되어 흩어진다. 가벼운 현기증이 일며 시야가 몽롱해
진다.

　흐릿한 공간 건너에서 민호 씨가 희미하게 웃고 있다. 민호 씨가
담배를 문 채로 티잉그라운드로 올라가려 한다.

　"요즘 날씨가 건조해서 마른풀에 불이 잘 붙어요. 얼마 전에 이
홀에서 불났대요. 담뱃불이 잔디에 옮겨 붙었대요. 그 회원은 벌
금을 물고 한 달 입장정지 당했대요."

　내가 민호 씨의 귀에 대고 속삭여준다. 민호 씨와 내가 무슨 은

밀한 정담이라도 나누나 싶어 꺽정 씨가 귀가 곤두선다.

"귓속말도 나누는 사이인 줄 몰랐네."

경희도 의아한 눈빛을 띠며, 민호 씨와 나를 놀리려 든다.

"금연하자고 했어요. 연애도 말고 담배도 피우지 말자고 했죠."

무슨 말을 나누었는지 덮어두면 경희도 꺽정 씨도 더 궁금해질 텐데, 그러면 더 재미있어질 텐데, 민호 씨는 이실직고를 해버린다.

지난 홀에서 더블보기를 한 내가 맨 마지막으로 티샷을 했다. 공은 오른쪽으로 활처럼 휘어지며 러프에 처박힌다.

"꼭 귀신이 붙은 것 같다니까. 왼쪽을 향해서 치는데도 공은 오른쪽으로 간단 말이야."

나는 투덜대면서 내려왔다. 제12홀에는 내가 붙인 이름이 있다. '콘서트 홀(concert hall)'과 '유령의 집'이다. 오른쪽 러프에 나를 미워하는 유령이 숨었다가 내 공을 리모컨으로 조종하여 오른쪽 러프로 끌어당기는 것 같다.

"내가 그 이유를 설명해 줄까?"

꺽정 씨는 내 공이 러프에만 박히면 즐거운가 보다. 또 시답잖은 소리를 한다.

"됐네요. 꺽정 씨에게 밤낮으로 레슨 받으면 싱글 된다고, 말도 안 되는 소리하려고 했죠? 싱글핸디캐퍼 되려다가 싱글 이혼녀가 되라구요?"

타인의 불행을 기뻐하는 심보가 얄미워서 나는 톡 쏘아붙인다.

"김 작가. 우정의 조언을 그런 식으로 받아들인단 말이요? 내가 여태껏 지켜본 바로는 김 작가가 여기만 오면 꼭 담배를 한 개비 피우더라구. 담배 연기가 귀신을 부르는 거야. 굿하거나 제사 지낼 때도 귀신을 부르려면 향을 피잖아."

역시 말이 안 되기는 마찬가지이지만 꺽정 씨가 음흉한 속셈을 드러내지 않았다는 것만으로도 나는 다행이라고 생각한다.

"알았어요. 내가 꺽정 씨의 우정의 조언을 받아들이죠. 딴 데는 몰라도 이 홀에서만은 금연을 하죠. 더구나 이 홀은 꼭 극장 같잖아요. 극장에선 금연이니까."

나는 손을 들어 극장의 방음벽처럼 좌우에 도열한 소나무들을 가리킨다.

"정말이야. 네 말을 듣고 보니 그래. 그렇지만 극장에서의 금연이란 담배를 피우지 말라는 야그니까, 연애는 안 말릴게."

경희가 꺽정 씨를 향해 눈을 찡긋한다. 꺽정 씨는 러프에 박힌 내공을 찾아준답시고 숲으로 따라 들어와서 내 곁에 바짝 붙어 서 있다.

"눈은 액세서리요? 공, 여기 있잖아."

내 눈에는 안 보이는 공이 꺽정 씨의 눈에는 낚이나보다. 말본새는 곱지 않지만 힘들게 공을 찾아주는 꺽정 씨의 기사도 정신은 곱게 받기로 한다.

좌우 송림 사이의 거리는 그린 쪽으로 갈수록 좁아진다. 편안하고 아늑해진다. 그린에 도달하면 뒤쪽으로 꽃나무들이 서 있다.

　봄이면 벚나무와 목련이 시기를 맞추어서 꽃봉오리를 단다. 그린에 뚝뚝 떨어지는 젖빛 목련 이파리는 가슴이 설레어서 차마 바라볼 수가 없다.

　그린은 양지바르다. 스포트라이트를 비춘 것처럼 잔디의 결이 드러난다. 잔바람이 옷깃이라도 날릴 만큼 불어주는 날에는 간지럼을 타는 여린 풀들이 눈부신 은빛으로 뒤집어지며 교성을 지른다.

　오늘은 그린 위에서 꽃잎이 아닌 낙엽이 몇 장 뒹굴고 있다. 바삭바삭하게 구운 과자처럼 스파이크에 밟힌 낙엽이 부서진다. 어디서 날아 왔는지 노란 은행잎도 처연하게 누워있다.

　어느 하루도 다시 맞을 날이 있을까마는 괜스레 오늘의 기념품으로 은행잎을 보관하고 싶다. 나는 은행잎을 주워 호주머니에 넣는다.

Golf & Sex
벽치기도 한 방법이다

제13홀
파3. 148미터. 핸디캡 17. 오른쪽은 병풍을 둘러 친 듯한 산, 왼쪽은 오비, 내리막 경사의 막바지에 그린이 있음. 그린의 앞쪽과 뒤쪽은 벙커. 티샷이 짧아도 벙커에 빠지고, 길어도 벙커에 빠짐. 공을 오뚝이처럼 세울 수 있어야 단번에 그린에 공을 올릴 수 있음.

앞조가 진행을 못하고 멈춰서 있다. 아무래도 새치기 때문에 진행에 차질이 있나보다. 이렇게 밀려있을 때면 대화로써 긴장을 풀어야 한다.

"요즘 무슨 차를 타요?"

꺽정 씨는 자동차에 관심이 많다. 일 년에 한 차례씩은 차를 바꾼다. 그러기에 경희가 묻는 말이다.

"국산차 애용 차원에서 그랜저를 탑니다."

"오호, 그랜저를 타시는군요. 그럼, 그랜저 안에서 머머 했다, 를 여섯 자로 표현하면 어떻게 되죠?"

"깊고 중후한 맛."

"그럼 티코 타고 머머 한 것을 다시 여섯 자로 줄이면요?"

"좁은데 욕봤다. 근데 경희 씨, 자꾸 케케묵은 우스개나 재탕할 것인가요?"

"학습 진도를 나가기 위한 복습이었어요. 그런데, 뭐 하나만 물어볼 게요. 꺽정 씨, 숲 속에서 해봤어요?"

"숲 속에서요?"

"그래요. 숲 속에서 해봤냐니까요."

"해봤죠."

"소감을 한 말씀 들을 수 있을까요?"

"무릎만 까졌죠. 돌멩이가 많이 있어서. 상대는 허리의 살갗이 벗겨지고."

"흐음, 숲 속에서 해를 보는데 무릎까지 까져요? 왜 무릎이 까지고 허리의 살갗이 벗겨지는지 전 도통 이해할 수 없는데요. 제 경험을 말씀드리죠. 전 숲 속에서 해를 바라봤을 때가 저녁 무렵이었어요. 나뭇잎 사이로 석양의 노을이 아름답기만 하던데요. 낙엽 썩는 냄새가 구수하게 풍겨오기도 하고."

그때서야 민호 씨와 꺽정 씨가 웃음보를 터뜨린다.

"싸인 주고 있어요. 아녀분, 준비하세요."

캐디의 부름에 캐리아너인 꺽정 씨가 뛰어올라갔다. 높은 티잉 그라운드에 올라있는 꺽정 씨가 개선장군같다. 골프를 잘 한다는

것 하나로 저렇게 늠름해 보일 수가 있을까. 우리 셋은 낮은 지대
에서 그를 우러러보고 있다.

걱정 씨는 관중이 많으면 많을수록 더 잘한다. 그린 뒤쪽에 깃대
가 꽂혀있지만 내리막 경사를 고려해서 깃대까지의 거리를 백사
십 미터 정도로 어림했을 것이다.

걱정 씨의 공은 곧장 깃대를 향해 날아간다. 그린 위에 떨어진
공이 앞쪽으로 한 뼘이나 굴렀을까. 걱정 씨는 내리막 경사의 끝
에 위치한 우표딱지만한 그린 위에 공을 세우는 기술을 보여준 것
이다.

앞조의 남자들이 들고 있던 퍼터를 머리 위로 흔들어서 그의 공
이 그린에 안착했음을 알려준다.

"역시 잘 세운다. 잘 세워. 근데 걱정 씨는 밤에도 잘 세울까?
입으로는 무릎까지고 허리껍질 벗겨지고 어쩌고 해쌓지만, 원래
남자들이란 뼁이 쎄잖아."

"걱정 씨 특기가 퍼트인 것 알지? 세우는 기술보다 넣는 기술이
죽여주잖아."

채를 들고 티잉그라운드로 올라가던 민호 씨가 경희와 나를 흘
겨본다. 우리는 목소리를 낮추어서 속삭였는데, 민호 씨는 귀가
밝은가 보다.

민호 씨가 친 공은 하늘 높이 치솟는다. 역시 민호 씨는 예민하
다. 점잖지 못한 말을 들었다고 해서 금방 샷이 흔들린다.

"호호, 너 저렇게 로켓처럼 하늘로 쏘아 올리는 공을 뭐래는 줄 아니? 안젤래퍼(Angel raper), '천사강간범'이라고 해. 민호 씨는 그쪽에 특기가 있나봐. 그러니까 젊은 마누라 데리고 살지."

경희가 키득거리면서 티잉그라운드에 오른다. 그런 경희를 바라보고 있는 나는 걱정스럽다. 남을 비난하다가 자신의 샷을 망치는 경우를 여러 번 겪었기 때문이다.

아니나 다를까, 경희는 뒤땅을 사납게 친다. 티타늄 헤드가 플라스틱 재질의 매트에서 정전기를 일으켜 번쩍 불꽃이 튄다.

"하하, 경희 씨, 그런 땅볼은 뭐래는 줄 알아요? 퀘일하이(quail high), 메추라기볼이라고 하죠. 자꾸 오리가슴인지 오르가슴인지를 밝히니까, 공도 메추라기처럼 기어가는 겁니다."

정말로 경희의 공은 메추라기처럼 종종걸음을 치더니 그린 근처에서 멈춘다.

민호 씨와 경희의 실타(失打)가 나에게도 압력을 준다. 나는 4번 우드와 5번 우드사이에서 갈등한다. 풀을 뜯어 허공에 날려본다. 맥없이 그냥 떨어진다. 바람의 세기는 고려할 여지가 없다. 5번 우드를 잡기로 한다.

고민 끝에 잡았더니 역시 빗맞는다. 공이 날아갈 방향은 공에게 물어보는 수밖에 없다. 공은 제 기분대로 간다. 공은 오른쪽으로 산책길을 정한 것 같다. 산 속에서 세상시름 다 잊고 홀로 쉬고 싶은가 보다.

"너나 좀 잘하지. 너 바나나 좋아하니? 아니면 바나나 닮은 물건을 좋아하니? 바나나 슬라이스(Banana slice)를 내다니."

경희가 혀를 끌끌 찬다. 타인의 불행은 자신의 행복이라고 생각하는 꺽정 씨는 기쁨의 표정을 억제하고 있다. 못된 인간성이 엿보인다.

그러나 나는 오늘 재수가 좋다. 공의 산책길을 병풍 같은 산이 막아주었다. 깎아 세운 듯한 바위에 맞은 공은 어 뜨거라 비명을 지르며 그린으로 뛰어 들어온다. 앞조의 박수 소리가 요란하다.

"봤어요? 저게 바로 벽치기랍니다. 저처럼 벽치기 해봤어요?"

나는 그들을 돌아보며 혀를 낼름 빼문다.

"김 작가 특기가 벽치기인 줄 몰랐습니다. 다년간의 경험에서 익힌 기술이겠죠?"

나는, 물론이죠, 라고 대답하고 싶은 걸 꾹 참고 그린 쪽으로 달려간다. 티잉그라운드에서 가늠했을 때는 내 공이 깃대에 더 가까웠는데 막상 그린에 올라보니 꺽정 씨의 공이 깃대에 붙어있다.

꺽정 씨의 공은 발끝으로 건드리기만 해도 들어갈 것 같다. 그러나 나는 아직 행운의 여신이 내게서 떠나지 않았음을 믿고 있다. 오랜만에 버디의 예감이 든다.

"제주도 온 인걸. 김 작가, 있는 힘껏 꾹 눌러서 밀어 보내요."

꺽정 씨가 싱글싱글 웃으며 말한다. 내 퍼트 솜씨를 비웃는 것이다. 꺽정 씨의 방해공작에 말려들면 안 된다.

나는 장갑을 벗고 손금의 고랑에 고인 땀을 바지에 문질러 닦는
다. 여린 새 한 마리가 손아귀에 들어있는 듯, 가만히 그립을 쥔
다. 파란 잔디 위에 애처롭게 놓여있는 공을 바라본다.

하얀 공의 숨결이 느껴진다. 쳤는가. 모르겠다. 나는 내 마음을
퍼터에 실어 공에게 전했다. 공은 저 스스로 굴러갔다. 나는 눈을
감고 귀를 열었다.

"어? 어? 버디잖아."

세상의 골퍼들이 제일 좋아하는 음악은, 홀에 공이 떨어지는
'딸그랑' 소리, 그리고 동반자가 외쳐주는 '나이스 버디'.

"나이스 버디이이……."

경희는 손뼉까지 치며 제 일인 듯 기뻐해 준다.

"벽치기만 잘하는 줄 알았는데, 뒷문입장도 능하시군."

나는 눈을 감고 있어서 공이 홀에 들어가는 순간을 놓쳤는데 꺽
정 씨의 빈정거림대로라면 아마도 구멍의 뒤편을 때리고 안으로
떨어진 모양이다. 규칙에 어긋나지 않는다면 모로 가더라도 서울
만 가면 되는 거 아닌가.

"오오, 사랑스럽도다. 그대 이름은 버디……."

나는 공을 집어 들고 입을 맞춘다.

Golf & Sex
음주 후에 하면 결정적인 실수를 하는 수가 있다

제14홀

파5. 458미터. 핸디캡13. 티잉그라운드 바로 아래에 워터해저드인 연못이 있음. 연못에서 살고 있는 비단잉어의 유유자적한 삶을 방해하지 않으려는 골프장의 배려로 누구나 산뜻하게 넘길 수 있을 만큼 연못의 세로 폭이 좁음. 남성 골퍼는 투온을 노려봄직함.

"전 여긴 버디가 기본입니다."

얼굴이 불콰해진 꺽정 씨가 말했다. 우리는 그늘집에서 따끈한 청주를 한 잔씩 마셨다. 가슴이 후끈후끈 달아오르고 있다.

여태까지의 경험으로는 그늘집에서 술을 마시면 티샷이나 두 번째 샷에는 별 무리가 없었다. 무리가 없다기보다 알코올은 비거리를 늘리는 힘이 있었다.

하지만 퍼트가 문제였다. 퍼팅라인도 잘 안보일 뿐더러 공이 스위트스폿에 맞아주지 않았다. 그린이 좌우로 갸웃갸웃 고개를 흔드는 것 같았다. 키 속의 곡식알처럼 까불리는 기분일 때도 있었다.

깊어가는 가을의 스산한 날씨가 온기를 그립게 했고, 제13홀의
버디가 알코올을 불렀다. 그래서 청주로 목을 축였다.

"그늘집 다음 홀을 조심하랬어요. 민호 씨, 연습으로라도 용왕
제는 지내지 마세요."

나는 진심으로 민호 씨를 위해서 충언을 했다. 내 말이 미처 끝
나기도 전에 물에 공이 빠지는 소리가 들린다.

"민호 씨, 미안해요. 아무 말 안하고 조용히 있었더라면 해저드
를 의식하지 않았겠죠?"

"아닙니다. 술 탓이에요."

나는 연못 같은 장애물을 두려워하지 않을 만큼 골프구력의 밥
그릇 수는 채웠다.

"굳 샷, 오늘 제일 잘 맞은 공, 오잘공이죠?"

캐디의 말처럼 클럽헤드에 한참 동안 공이 붙어있는 느낌이 들
었다. 공은 알맞은 탄도로 오른쪽으로도 왼쪽으로도 휘지 않고 날
아갔다.

연못을 가로지르는 무지개처럼 굽은 구름다리 위에서 그늘집에
서 사 가지고 온 건빵을 던진다. 구수한 냄새를 맡은 비단잉어 한
떼가 몰려온다. 붉은 놈, 누런 놈, 허연비늘 위로 흑갈색의 점이
박힌 놈들이 물결을 일으키며 몰려온다. 기골이 장대하고 힘이 있
어 보이는 황금빛 잉어 한 마리가 물방울을 튀기며 수면을 차고

뛰어올라 건빵을 채뜨려간다.

　연못의 반은 연잎으로 덮여있다. 연잎 위에 맺혀있던 물방울이 잉어들의 요동에 놀라 얼른 미끄럼을 타고 내려와 물 속으로 자맥질을 한다.

　여름에는 붉은색, 담홍색, 가끔은 흰색의 연꽃들이 싱그럽게 피었었다. 한여름 아침이면 마치 극락정토처럼 이슬이 채 마르지 않은 연꽃들이 함초롬히 피어 우리를 맞이했었다.

　연꽃은 더러운 진흙 속에서 자라면서도 그 꽃만은 맑고 깨끗해서 불가에서 만다라화로 존중되고 있다 한다. 또한 연꽃은 웅변으로 명성을 날리는 명사의 상징이기도 하지만 연잎은 바람난 여자라는 은어로 쓰이기도 한다. 연은 묵화에도 등장하고, 시(詩)에도 자주 등장하는 꽃이다. 옛 풍류객들은 연당(蓮堂) 안에 별당을 짓고 연잎으로 술을 빚어 즐겼다고도 한다.

　"심청이 방석이 다 스러져 버렸군."

　지나온 세 개의 파5홀 모두에서 더블보기를 했기 때문에 이번에는 좀 만회를 해볼 요량으로 정신을 집중시키는데 또 꺽정 씨가 허파에서 바람을 뺀다.

　"만다라화라고 하면 좀 유식해 보일 텐데. 기껏해야 심청이 방석이라니."

　내가 해야 할 말을 경희가 해 버린다.

　"심청이가 용궁에서 타고 나온 가마가 연꽃 아니었습니까. 연꽃

이 좌악 벌어지면서 심청이가 샤악 나왔대죠. 그 모양을 본 임금
님이 눈이 휘이떡 뒤비지면서 뭐라 한 줄 알아요?"

좌악, 샤악 휘이떡 따위의 의태어에 강세를 넣는 말투로 보아 꺽
정 씨의 취기가 오르고 있나 보다.

"당연히 모르죠."

"지미, 시팔년 동안 온갖 년들을 보아 왔으나 저렇게 아름다운
쌍년은 처음 보도다, 이랬대요."

꺽정 씨는 평소에 내게 불만이 많은 것 같다. 그렇지 않고서야
아무리 술기운에 편승했다지만 저런 상소리를 뱉을 수 있을까. 그

냥 모른 척 넘어가기에는 지나친 감이 있다.

"남의 일이지만 심히 걱정되네요. 한국말 발음을 그렇게 밖에 못해요? 발음 교정 받아야 할 것 같아요. 짐이 십팔 년 동안 온갖 연(蓮)들을 보아왔으나 저렇게 아름다운 쌍연(雙蓮)은 처음 보도 다, 이렇게 해야죠."

내 목소리에는 잔뜩 가시가 돋아있다.

"김 작가, 유식한 줄 알았는데, 이제 보니 별 것 아니구만. 원래 는 련(蓮) 또는 년(蓮)이라 했어요. 그래서 붉은 꽃을 붉은 홍(紅) 자를 써서 홍련화(紅蓮花), 흰 꽃은 흰 백(白)자를 써서 백련화(白 蓮花)라고 부르죠."

꺽정 씨는 어흠 어흠 큰기침까지 하면서 목에 힘을 주며 목깃을 올린다. 한 방 먹었다고 해야 하나. 그러나 흥분하면 해롭다. 엔돌 핀 분비에 방해가 된다.

어느 봄날이었던가, 부처님이 탄생했다는 사월 초파일이 가까워 서 절마다 연등 만들기가 한창이었던 날이었을 것이다.

티잉그라운드에서 내려다 본 연못에는 물이 안보일 정도로 연잎 이 가득 떠 있었다. 여인의 앙다문 입술 같은 분홍색의 연꽃들이 초록색의 연잎 사이로 고개를 내밀고 있었다.

티잉그라운드에 올라 서 있는 내 치마를 들치고야 말겠다는 듯 이 바람이 불었다. 연잎도 연꽃도 우쭐우쭐 춤을 추고 있었다.

내가 티샷한 공이 연못을 넘지 못하고 연잎에 올라 앉아버렸다.

내가 깃털처럼 몸이 가볍다면 연잎 위를 사뿐히 걸어서 다른 연잎을 딛고 공을 쳐도 될 것이다. 그러나 공을 집어낸다면 나는 언플레이어블 선언을 하고 한 벌타를 먹고 한 클럽 이내에서 드롭을 해야 할 것이다. 물론 해저드에 빠졌다고 간주하고 재차 티샷을 시도할 수도 있겠다.

어찌할까 잠시 망설이는 동안 내 눈앞에서 연꽃들의 꽃술이 일제히 열리면서 동화 속에서 나오는 엄지손가락만한 작고 예쁜 여자들이 튀어나오고 있었다.

불교에서는 극락세계에서는 모든 신자가 연꽃 위에서 신으로 태어난다고 믿는다는데, 나는 꽃으로 장식한 족두리를 쓰고 홍삼을 입은 요정 같은 여자들이 내 공을 은쟁반에 받쳐 들고 연잎 위를 사뿐히 걸어 나와서 녹색의 잔디에 공을 내려놓는 모양을 보고 있는 것이다.

연잎에 맺혀있는 이슬방울이 오색영롱하게 햇빛을 반사시키면서 만들어낸 착시현상이었다.

나는 그 봄날의 착시현상을 떠올리며 연못을 바라본다. 다듬이 방방이보다 더 크고 굵은 비단잉어 한 마리가 탄력도 좋게 수면 위로 솟구쳐 날며 인사한다.

두 번째 샷이 잘 맞아주지 않는다. 뒤땅을 쳤다. 어깨에 힘이 들어갔는가 보다. 공은 겨우 백 미터 남짓 날아간다. 그러나 파5홀에서는 아직 포기할 단계는 아니다. 기회는 남아있다. 다음 샷에

기대를 걸어보자.

꺽정 씨의 두 번째 샷은 포경선의 작살처럼 날아갔다. 거의 그린에 오른 것 같다. 나는 호흡을 가다듬으며 걷는다. 나는 자기암시를 넣는다. 다음 샷은 성공할거야.

골프는 역시 멘탈게임이다. 마인드컨트롤은 효과가 있다. 5번 우드로 친 공이 그린 가장자리에 붙었다. 깃대와의 거리는 이 미터쯤 되는 듯싶다. 지난 홀의 버디에 이어 파를 잡았다.

꺽정 씨는 버디를 할 줄 알았는데 파로 마무리한다. 나는 다음 홀로 이 상승기류를 몰고 갈 것이다.

Golf & Sex
'넌 즈로'로 정복하기도 한다

제15홀
파3. 153미터. 핸디캡9. 굴뚝처럼 올라간 포대그린. 그린의 오른쪽은
깊은 벙커. 페어웨이 왼쪽은 벼가 누렇게 익은 논으로 이루어진 오비지역.

프로골퍼 치치로드리게스는 '골프는 옷을 벗지 않고 할 수 있는
운동 중에서 가장 재미있는 운동'이라고 했다. 그렇다면, 골프란
옷을 입고도 벗고도 할 수 있는 운동이라는 뜻이겠다. 누드촌에
있는 골프장에서는 남녀노소를 막론하고 모두 알몸으로 골프를
한다고 한다. 외눈박이만 사는 곳에선 두눈박이가 장애자이듯이,
다 벗고 알몸으로 사는 곳에서는 옷을 걸친 사람이 우스꽝스럽게
비칠 것이다. 그러나 아무리 누드촌이라도 그린에서는 쭈그려 앉
아서 퍼팅라인을 읽을 것이다. 그럴 경우, 남자들은 특별히 이상
할 것도 없겠지만, 여자들은 아무래도, 왠지, 좀 불편할 것 같다.

내가 남보다 상상력이나 호기심이 강해야만 살아남을 수 있는 직업을 가지고 있기 때문에 그런 망측한 상상을 하는지도 모르겠다.

껵정 씨가 돌아서서 바지를 다시 입고 있다. 바지 밖으로 기어나온 셔츠를 집어넣고 있다. 허리띠에 붙은 금속 띠쇠가 절렁절렁 부딪쳐서 소리를 낸다.

"흠, 숙녀 앞에서…… 어느 신문에서 보니까, 그런 짓도 성추행이라던데. 오늘 재수 좋으라고 빨간 빤쯔를 입으셨나."

경희가 입을 삐죽거리면서 껵정 씨를 나무란다.

"멀리 떨어져서, 그것도 돌아서서, 복장을 단정하게 하는 행위를 했기로…… 어홈……."

약간은 어색한지 큰기침을 하는 껵정 씨의 얼굴이 벌겋게 달아있다.

"여자가 스커트를 고쳐 입는 건 성추행 아닌가? 남녀평등원칙에서 심히 어긋나는 이상한 법을 만들어서 남자들만 잡으려 하다니."

민호 씨가 끼어들어 참견을 한다.

"남자들끼리 뭉쳐서 탄원을 한 번 해보지 그래요. 여자가 술집의 호스티스를 할 권리가 있다면 남자들도 호스트를 할 권리를 달라, 남자는 직업의 자유도 없냐, 이런 궐기대회를 해봐요."

우리의 경희가 가만있을 리가 없다.

15번 홀은 작년에 내가 홀인원을 할 뻔한 홀이다. 티잉그라운드에서 그린을 바라보고 서 있으려니 홀에서 손가락 한 마디만큼 떨어진 곳에 공이 안착했던 그때의 극적인 순간이 떠오른다. 이번에는 꼭 홀인원의 감격을 맛볼 것만 같다.

어느 프로골퍼가 같은 파3홀에서 이천 개 이상의 공을 쳤어도 홀인원을 못했다는 이야기를 책에서 읽었다.

동이 틀 때부터 해가 질 때까지 손에 물집이 잡히도록 한 구멍을 공략했는데 구멍은 끝까지 그를 거부했다. 그러나 머리를 올리러 가서 홀인원을 한 사람의 이야기도 역시 그 책에 실려 있었다.

또한 홀인원이 운인지 실력인지를 알아보기 위해 어느 골프장 사장이 홀인원 경력자 삼백 명을 추천받아 사흘 간의 대회를 열었다는데 물론 새로운 홀인원의 기록은 없었고 총 천삼백여 개의 공 중에서 깃대와 십 센티미터 이내로 붙은 공도 열다섯 개밖에 안되었다고 그 책은 전했다.

어느 스포츠나 진기록도 있고 신기록도 있다. 진기(珍技)도 있고 명기(名妓)도 있다.

"버디에 파에…… 홀인원도 나올 것 같은 살 떨리는 예감이 파바박 오는데요."

너스레를 떨면서 티잉그라운드로 올라갔다.

나는 드라이버를 들고 있다. 깃대까지의 거리가 백오십오 미터라고는 해도 낙하거리가 그만큼 미치는 아이언이 없기 때문에 포대그린에 공을 굴려 올리려면 드라이버를 잡아야 한다. 깃대를 바

로 공략하자니 오른쪽의 벙커가 압력을 준다. 깃대는 벙커와 가장 가까운 컵존에 꽂혀있다. 보내고자 하는 방향으로 공이 날아가 준다면 누가 오비를 내며 보기나 더블보기를 하겠는가. 오른손이 감기면서 공은 그린과 전혀 얼토당토않은 방향으로 진로를 잡는다. 논으로 빠지지나 않았으면 다행이다. 캐디도 내 공이 오비인지 아닌지 긴가민가한 모양이다.

경희와 민호 씨의 공은 그린에 올랐다. 깃대를 바로 공략하려 했던 꺽정 씨의 공은 벙커에 빠져버렸다. 내 공은 오비말뚝 근처에 살아있었다. 나는 어프로치가 특기라면 특기이다. 내가 우드나 아이언의 거리도 방향도 좋지 못하면서도 백을 벗어나지 않는 타수를 유지하는 비결은 어프로치가 뒷받침 해주기 때문이다.

피칭웨지로 가볍게 때린 공이 깃대를 향해 굴러간다. 솜씨가 녹슬지 않았음에 나는 흡족한 미소를 문다.

그런데 이건 또 무슨 불상사란 말인가. 내가 캐디로부터 퍼터를 넘겨받아 겨드랑이에 끼고 그린 쪽으로 가던 중에 그 기적이 일어난 것이다.

청천하늘에서 갑자기 우박이 쏟아졌다. 아니다. 마른하늘에서 우박이 쏟아질 리가 없다. 그러나 뭔가 우박 비슷한 것이 내 머리와 어깨 위로 우수수 떨어졌다. 모래였다. 껵정 씨의 벙커샷이었다. 모래를 폭발시키듯이 퍼내면서 공을 거의 수직으로 띄워 그린에 올렸던 것이다. 그만한 재주도 함부로 흉내 낼 수 없는 명기(名技)이다.

그의 명기는 공을 그린에 올린 것으로 끝나지 않았다. 공은 모래와 함께 분사되어 그린에 내려앉는가 싶더니 다시 튀어 올라 홀 안으로 들어가 버린 것이다. 명기를 넘어선 진기(珍技)였다.

"우와, 넌 즈로 홀인이다."

"별 재주를 다 부리네요."

"역시 껵정 씨에게서는 배울 점이 많습니다."

셋이서 한 마디씩 진기를 감상한 소감을 피력했는데 거기에 대한 껵정 씨의 답사는 완전히 육자배기 가락이었다.

"속곳도 안 벗기고 해치웠네."

"역시 껵정 씨는 신사가 아냐. 진정한 신사란 그린이건 침대건 맨 먼저 오르고 가장 늦게 내려오는 남자라던데. 그린에 오르지도 않다니."

아직도 벌린 입을 못 다물고 좋아하는 껵정 씨에게 내가 한 마디 쏘아준다.

주(註):

'넌 스루'는 실황방송에서 골프해설자들이 자주 쓰는 골프용어이다. 그린 근처에서 칩샷으로 공이 홀에 바로 들어가는 경우에, '넌 스루'로 들어갔다고 한다. 그러나 어느 골프용어집에도 '넌 스루'라는 용어는 나와 있지 않다. 필자가 넌 스루에 관한 두 가지 설(說)을 수집했는데, 어느 설이 옳은지는 골프애호부대원들의 갑론을박을 거쳐야만 결판이 날 것 같다.

첫째는, 영어로 '넌 스루(non through)', 즉 아무 데도 통하지 않고 바로 들어갔다는 뜻이다.

둘째는, 우리나라보다 골프를 먼저 받아들인 일본에서 만들어진 음담패설적인 골프용어이다. '드로즈(drawers)'라는 여자들이 입는 팬티보다 약간 헐렁한 속옷이 있는데, 드발음이 없는 일본식 발음이 '즈로즈'이다. 바람둥이 사내들이 여자를 쉽게 정복했을 때 '넌 즈로즈로 했다.'고 한다. 팬티도 입지 않아서 벗길 필요도 없었다, 혹은 팬티도 벗기지 않고 해 치웠다는 뜻이다. 말을 줄여 쓰기에 특기가 있는 일본인들이 '넌 즈로즈'를 '넌 즈로'로 한 글자를 줄였고, 여자 정복하기와 홀에 공 넣기를 동일시하는 사내들이 칩샷이 그대로 홀에 들어갔을 적에 쉽게 정복했다는 의미로 사용해오고 있다.

Golf & Sex

첫 번 공격에 실패했을 경우 페널티를 받고 재차 시도할 수 있다

제16홀

파4. 358미터. 핸디캡3 그린까지 계속 오르막. 실제보다 훨씬 멀게 느껴짐. 그린 쪽으로 갈수록 페어웨이의 폭이 좁아지므로 정교한 공격이 요구됨.

바람이 불고 있다. 회오리바람이 뉘누리를 일으키며 나뭇잎을 비질하듯 쓸어 모아 하늘로 말아 올린다. 마치 바람이 생명체인양 짓궂은 장난을 한다. 치마 속으로 들어와 치마폭을 범선의 돛처럼 부풀린다. 바람은 개구쟁이 수컷인가.

세어볼 것도 없이 여지까지 꺽정 씨가 친 타수는 1언더파이다. 이번에는 어떤 명기가 펼쳐질까 다들 숨을 멈추고 그를 바라보고 있다.

"어어?"

꺽정 씨가 드디어 명기를 보여준다. 그의 공이 추사선생의 난초

잎처럼 포물선을 그으며 날아간다. 가히 예술적이다. 보는 이들의 체증이 내려가게 시원한 오비를 한방 날려준 것이다.

"아기다리 고기다리 던 오비여……."

야지랑스러운 넉살은 경희가 부렸지만 민호 씨도 웃고 있다. 인간이라면 실수도 좀 있어줘야 인간답지 않은가.

완전무결한 존재는 신(神)이다. 하느님도 벼락을 때릴 때 슬라이스를 내서 죄 없는 고목나무를 때린다고 골프육법전서에도 나와 있다고 한다. 하느님도 완벽할 수 없는 운동이 골프라고 했다.

"가끔은 이쁜 짓도 하네요."

끌탕은 안할망정 시치름하게 서 있을 수만은 없었다. 예술적인 샷에 예술적인 명언으로 대응해야하는데 나는 아직까지 그만한 경지에 이르지 못했다.

"김 작가나 잘 치셔."

벌타를 먹고 재차 티샷을 날린 꺽정 씨의 언사가 고울 리 없다. 얼굴은 썩은 밤을 씹은 듯 우그러져있다.

티잉그라운드에 올라서니 바람이 더 드세다. 골짜기 쪽에서 바람이 올라오고 있다. 그립이 치맛자락에 스쳐 손목이 왼쪽으로 감긴다. 공이 왼쪽 산자락을 때리고 페어웨이로 굴러 내려온다.

"럭키. 나쁘지 않아."

바람에 날아가려는 모자를 잡으며 경희가 외친다.

"웬 바람이 이렇게 사납지? 치마 끝에 추를 매달아야 할까 봐."

비나 눈보다 바람이 샷에 더 영향을 준다. 적어도 내 경우는 그렇다. 치마를 손으로 잡아 다스리면서 티잉그라운드에서 내려오는데 남자 둘이서 귓속말을 나누면서 킥킥 웃고 있는 게 보인다.

"치사하게 남자들끼리 귓속말을 나누고 그래요? 내 흉봤죠?"

"내 솔직히 말하리다. 실은 바람이 김 작가 치마를 들치는 통에 내가 안 보아야 할 김 작가 속곳을 보고 말았단 말이요. 그래서 공이 엉뚱한 곳으로 간 것인데……."

핑계 없는 무덤 없다더니, 꺽정 씨는 치사하게도 자신의 오비를 내 탓으로 돌리려 하고 있다.

"뭐라고욧. 이건 큐롯스커트라고 겉으론 치마처럼 보여도 들쳐보면 바지란 말이에요. 아무리 바람이 불어도 속곳이 안 보이는 옷이라구욧."

나는 꺽정 씨에게 악장을 쳤다.

"김 작가, 옛날에는 골프장을 '이브가 없는 에덴(Eveless Eden)'이라고 불렀어요. 여성출입금지구역이었답니다. 아마도 김 작가처럼 포르노쇼를 보여줘서 남자들을 헷갈리게 만드니까 그랬나 봅니다."

민호 씨의 점잖은 목소리가 무겁게 깔린다.

"포르노쇼라구요? 남자들은 어떻구요. 숲 속에서 들어가서 무단방뇨를 하지를 않나. 그러니까 이브가 없는 에덴에서 그런 매너 없는 짓을 하면서 놀겠다? 만일 우리가 아마조나스의 후예였다면 골프장을 남성금지구역으로 만들었을 텐데요. 오호, 애재라 통재라. 근데 남성들은 왜 끝까지 이브를 추방할 일이지 왜 여자들에게 골프를 가르쳐서 더 몸살 나게 만들었죠? 좋은 건 다 남자들만 하는 시대는 한국에도 있었어요. 바람난다고 닭 날개도 못 먹게 했고, 시룻번을 잘 먹으면 좋은 집에서 중신이 들어온다고 맛있는 시루떡은 젖혀놓고 밀가루 반죽이 굳은 시룻번만 여자들에게 먹였고, 배추밑동을 먹으면 고래 등 같은 기와집에서 살게 된다고 말도 안되는 말로 여자들을 꼬여서 허접한 음식만 먹도록 했죠. 열거하자면 한이 없지만, 남자들은 별의별 금기를 만들어서 여자들에게 횡포를 부렸죠. 골프처럼 재미있는 운동은 남자들만 하고 싶었나부죠?"

경희도 남녀를 차별하는 소리에 예민하다. 즉각 반박하고 나선다. 눈에 쌍심지를 켜고 용감하게 외치는 경희는 영판 아마조나스의 투사같다.

"골프장이 이브가 없는 에덴이라구요? 딱 맞는 말이네요. 저도 여자들끼리만 라운드를 할 때면, 아담이 없는 에덴이라 믿으니까요. 외국에서 남녀 골퍼들에게 물었대요. 골프라운드 한 번이냐, 애인과의 사랑 한 번이냐, 를요. 대다수가 골프라운드 쪽으로 표를 던졌대요."

열을 받으면 공이 제대로 안 맞는 줄을 알면서도 나는 흥분을 감추지 못한다.

"그거야 골프라운드는 다섯 시간이고, 침대에서는 길어야 한 시간일 테니까…… 질보다 양을 따지는 사람들 얘기일 테고…… 질 좋은 여자와 서 있는 남자가 만나 질서 있는 관계를 유지한다면 골프보다는 역시 사랑을 나누는 쪽이……."

역시 꺽정 씨는 변죽을 잘 울린다.

"그래서 재차 질문을 던졌대요. 한 달을 골프없이 살 것이냐, 애인 없이 살 것이냐……."

나는 눈으로 한 번 꺽정 씨를 흘겨보고 말을 잇는다.

"그랬더니요?"

"역시 애인없이는 살아도 골프없이는 못살겠다는 쪽이 많았대죠? 아마?"

그렇게 핀잔을 주면서 나는 꺽정 씨의 기색을 살핀다. 꺽정 씨는 검은 눈동자를 흰자위의 우물에서 굴리고 있다. 그는 애인과 골프를 저울에 달고 있는 것이다. 그의 저울의 추가 어느 쪽으로 기우는지 자못 궁금하다.

"나에게 한 달 동안 남편이나 애인없이 살 것인가 골프없이 살 것인가를 묻는다면…… 나도 당근, 골프를 더 사랑하지. 민호 씨는 안 그래요?"

경희가 꺽정 씨의 답변을 들으려고 짐짓 민호 씨에게 화살을 겨눈다. 경희와 내가 교대로 쏘아붙이니까 꺽정 씨와 민호 씨는 꿀먹은 벙어리처럼 입술을 여미고 있다.

에덴은 그리스도교에서 말하는 낙원, 파라다이스이다. 파라다이스는 페르시아에서 유래한 말로서, 그리스의 작가 크세노폰이 페르시아 왕후 귀족의 공원으로 그리스에 처음 소개하였고, 나중에는 죽은 자가 고통으로부터 해방되어 행복하게 지내는 서해(西海) 끝의 섬, 쾌락의 정원이라는 뜻으로 전해졌다. 성서(聖書)의『창세기』에서는 에덴동산의 번역어이고, 신약성서에서는 신의 축복을 받은 사람이 가는 곳으로 되어 있으며, 나중에는 지옥에 대비된 천국을 의미하는 말이 되었다.

그러니까 이브나 아담 중 어느 한 쪽이 없는 에덴은 존재하지 않을 것이다. 그럼에도 골프장을 감히 '이브가 없는 에덴'이라고 칭하다니.

"맞아. 모르는 게 약이라고, 골프를 몰랐더라면 그냥 구들더께로 지냈을 텐데, 골프에 미치니까 안하면 병나잖아."

"섹스도 그래. 그치?"

이건 여자끼리 나누는 대화다. 남자들은 여자들의 비난을 피해 저만큼 멀찍이 떨어져서 있다. 우리의 속삭임이 들리지 않을 것이다.

Golf & Sex
풀이 너무 길면 무기와 엉기는 수가 있다. 초보자는 풀숲에서 헤맨다

제17홀

파4. 288미터. 핸디캡15. 핸디캡이 말해주듯이 만만한 홀. 티잉그라운드에서 180미터까지는 가파른 오르막이며 그린까지는 내리막. 200미터 지점의 페어웨이 좌측부터 한가운데까지 커다란 벙커가 누워있음. 티샷의 슬라이스는 소나무 숲이, 훅은 벙커가 공을 기다리고 있음.

이제 두 홀 밖에 남지 않았다. 승헌 씨의 이야기를 해야 할 것 같다.

골프에 매료되고 미치면 골프가 삶의 축이 된다. 처음 골프를 배웠을 때는 나는 여자들만으로 이루어진 숙녀회에 가입해서 필드에 나갔었다. 그러다가 집안 사정으로 아이들은 서울로 보내고 남편은 대전시에 남았다. 나는 일주일을 서울에서 나흘, 대전에서 사흘로 쪼개서 살아야만 했다. 자연히 골프 동반자들이 다 떨어져 버렸다. 골프를 같이하는 친구들이 서울 근처 골프장의 예약을 따냈을 때 나는 대전시에 있었고 반대 경우도 마찬가지였다. 한 달에 겨우 한 번이나 라운드 기회를 잡을 수 있었다. 낮에도 밤에도 꿈에서도 골프가 그리웠다. 하던 운동을 안 하니까 변비도 생기고 근육도 탄력을 잃었다. 신체의 어디랄 것도 없이 안 아픈 곳이 없었다. 골프만이 삶에 생기를 불어넣어 줄 활력소였다.

나는 한 가지 묘안을 떠올렸다. 동반자 없이 나 혼자라도 운동을 하는 방법을 궁리했다. 퍼블릭코스이건, 회원제 골프장이건 누가 끼워만 준다면 쑤시고 다니게 되었다. 그렇게 서울과 대전시 사이의 골프장을 들쑤시고 다니다가 만난 사람이 승헌 씨이다.

그날 그는 동반자 두 사람과 라운드를 할 작정이었는데 내가 합류하게 된 것이었다. 나는 그들과 말 한 마디도 나누지 않고 오로지 내 공만 쳤다. 세 명의 남자 중 어느 한 사람의 목소리가 아주 울림이 좋은 저음이었다는 것, 그 외에는 기억에 남을만한 아무 꼬투리도 없는 라운드였다. 샤워를 하고 내가 그늘집에서 먹은 음식값을 지불하려고 식당으로 갔는데, 이미 계산이 끝났다고 했다.

나는 그 울림이 좋던, 골프 가방에 매달린 이름표에서 익혔던 문승헌을 찾았다. 낯선 여자를 팀에 끼워준 것만으로도 나는 그들의 경기를 방해한 셈인데, 내가 먹은 음식값까지 얹을 수는 없었기 때문이었다.

그들은 일찍 가버리고 없었다. 라운드 도중에 그가 회원이라는 말을 얼핏 들은 것 같았기에 그의 연락처를 물어 볼 생각도 했었지만 숫기가 없어서 그만두었다.

인연이 있었던 것일까.

일 년쯤 후에 그를 다시 만났다. 바로 이 골프장에서였다.

골프의류가게를 하는 고향 언니와 클럽하우스에서 식사를 하고 있었는데 누군가가 다가와 언니에게 아는 척을 했다. 언니는 그를 내게도 인사를 시켰다.

"함께 라운드를 한 적이 있죠?"

그는 나를 기억해주었다.

"그늘집 음식값을 지불하려고 클럽하우스에 올라왔을 땐 벌써 계산이 되어 있었어요."

"아는 사이였어?"

언니의 물음에 그는 짓 적은 듯 담배를 빼어 물었다.

"제 연극을 보러 오신다면 빚진 음식값은 안 받겠습니다."

그가 품에서 봉투를 꺼내더니 연극표 두 장을 언니에게 건넸다.

"아침에 눈 뜨면서부터 저녁에 눈 감을 때까지 정신질환자들만 상대하니까 일주일에 한번은 이렇게 맑은 바람을 맞아야지, 아니면 같이 미쳐요."

그는 정신과 의사였고 사이코드라마 연출자이기도 했다. 사이코드라마를 통해서 정신질환 환자들을 치료한다고 했다. 나는 그가 드라마 연출자라는 사실에 끌렸다.

"문 박사, 사이코는 여기도 있어요. 골프에 미친 사이코, 문학에 미친 사이코."

언니는 나를 사이코라고 소개했고, 그는 흥미롭다는 듯이 내게 관심을 보였다. 연극 공연장에서 한 번, 그리고 그가 쓴 희곡을 감수해주기 위해서 한 번 더 만나서 저녁을 먹었다.

그윽한 조명 아래서 그는 희망을 품은 청춘처럼 생기가 있었다. 그는 튤립처럼 생긴 잔에 백포도주를 부어주며 자신의 희곡을 감수 해준 대가로 골프라운드에 초대하겠다고 했다. 물기를 머금은 눈빛으로 꼭, 이라고 다짐하기까지 했다.

그러나 지금 나는 그의 초대를 기다리다가 지쳐서 거의 포기하고 있다.

"둘이 사귀나보네."

꺽정 씨의 생게망게한 너스레에 나는 기겁을 하게 놀랐다. 꺽정 씨가 어떻게 내 마음을 투시하고 있단 말인가.

"제가 마크를 하고 줍겠습니다. 공을 열 개 이상 쳐도 이렇게 나란히 정렬하긴 어렵죠. 이건 사귀는 관계보다 더 친밀한 겁니다."

발밑에 민호 씨와 내 공이 어깨를 맞대고 있었다. 민호 씨의 티 샷은 하늘 높이 솟아서 수직 강하했다. 그래서 거리가 짧은 내 공과 나란히 풀밭에 누워있었던 것이다. 나는 엉너리치면서 내 공을 주웠다.

"하긴 머 이렇게 같이 공을 친다는 것만으로도 우린 좋은 인연 아니겠어요?"

어깨부들기를 움찔대며 민호 씨가 거쿨지게 다가왔다.

꺽정 씨가 두 개의 공을 지나쳐 숲으로 가고 있다. 꺽정 씨는 벙커를 피하느라 약간 오른쪽으로 쳤는데 공이 비탈을 따라 흘렀다. 구릉에 막혀 공이 떨어지는 지점을 보지는 못했다. 깊은 러프로 들어갔을 가능성이 크다. 숲에 나무는 듬성듬성 서 있었지만 그 밑의 풀은 잎이 길고 검셌다. 날을 세워서 치지 않는다면 빨판 같은 풀들이 아이언헤드에 들러붙어 놓아주지 않을 것이다. 그러나 꺽정 씨는 트러블샷의 기술자니까 위기에서 쉽게 탈출하리라.

캐디의, 공 보세요, 라는 말과 동시에 숲에서 하얀 물체가 툭 튀어나온다. 공은 그린 옆의 벙커에 푹 파묻히고 만다.

"그 풀 한번 질기네. 멱차게 파묻히니까 찍을 수가 있어야지. 헤드를 착 감고서 놓아주지를 안잖아."

꺽정 씨가 풀물이 배인 아이언헤드를 닦으며 허텅지거리를 늘어놓는다.

"꺽정 씨는 뒷심이 부족한가 봐."

경희가 꺽정 씨의 화를 돋우려고 약을 올린다.

나는 두 번째 샷을 토핑하고 겨우 어프로치로 그린에 올렸다. 꺽정 씨는 이번에도 역시 모래를 비산하며 가볍게 벙커에서 탈출하여 투펏으로 마무리 한다.

깊은 러프에 빠져 헤맨 꺽정 씨나 맨땅에서 푸덕거린 나 똑같은 타수이다. 꺽정 씨는 전 홀의 더블보기에 이어 보기를 기록했다.

Golf & Sex
정복이 힘들수록 더욱 매력을 느끼며, 포기하지 않고 노력한다

제18홀
파4. 340미터. 핸디캡1. 페어웨이는 좁고 길며 오르막 구릉임. 페어웨이 중간에 우람한 소나무가 버티고 있으며, 페어웨이 가장자리로는 양쪽 모두 긴 벙커가 누워있음. 좌측 벙커는 오비를 막아주는 역할을 함.

내가 골프코스를 설계한다면 절대로 난이도가 높은 홀을 마지막에 놓지 않겠다. 공략하기 어려운 마지막 홀은 골퍼들의 희망을 깬다.

나는 아직 싱글타수를 쳐보지 못했다. 최고 기록이 82타이다. 물론 최고 기록도 나의 홈구장인 이 골프장에서 이룩한 타수이다. 마지막 홀이자 핸디캡이 1인 홀에서 적어도 파를 잡아야만 싱글타수를 칠 수 있다고, 자주 함께 라운드를 하는 친구들은 단언했다.

핸디캡 1이라고는 해도 특별히 골퍼를 골탕 먹이는 함정이 있는 것은 아니다. 단지 페어웨이가 좁고 가파른 비탈의 오르막이며 파 4홀로서는 다른 홀보다 길이가 조금 길 뿐이다.

나의 82타를 비롯한 83, 84, 85타의 기록은 스무 번쯤 된다. 82를 치던 날도, 83을 치던 날도 제17홀까지는 9오버파였다. 마지막 홀에 와서 보기나 더블보기를 해서 꿈에도 그리는 싱글타수의 문턱에서 무릎을 꿇은 것이다.

코스 설계를 할 적에 공략하기 용이한 홀을 마지막에 배치한다면 베스트 스코어를 내는데 코스가 한 몫 거들지 않겠는가.

민호 씨가 악패듯 때린 공이 소나무의 꼭뒤를 박차고 떠올라 구름 속으로 숨었다가 언덕배기 한가운데 사뿐히 내려앉는다.

"쌀 떨어지니까 밥맛 나네요. 역시 민호 씨는 뒷심이 좋아."

옆에서 듣기에도 기가 막힌 타구 소리였다. 경희의 비나리에 민호 씨가 눈을 흡뜬다.

"마지막 홀을 멋지게 장식합시다."

내가 티샷한 공은 페어웨이를 약간 벗어났다. 벙커 입술에 걸린 것 같다.

아이언을 지팡이 삼아 짚고 언덕을 허위단심 올라갔다. 벙커에도 풀이 무성한 둔덕에도 공은 없다. 지팡이로 목둣개비를 치우면서 풀들을 헤집어 본다.

공이 있어야 할 자리에 까맣고 윤이 반들반들 나는 털 무더기가 떨어져 있다. 앞서 간 골퍼가 떨어뜨린 헤드커버인가 싶어서 주우

259

려고 손을 뻗었다. 그 순간 털 무더기가 길체로 사라져 버린다. 방금까지 내가 무언가를 보았다는 사실이 의심스럽다.

"뭔가 까만 털 덩어리가 있었어요."

"캐디랑 골프장 직원들만 아는 두더지 굴이 그 근방에 있어요."

내 공이 두더지 굴을 막아버렸던 것이다. 다시금 캐디들이 골프 코스에 사는 동물들과 한 식구라는 생각이 든다. 골퍼는 골프코스에서는 늘 손님인가보다.

"드롭할 게요. 두더지네 집 대들보 내려 앉히면 안 되니까."

내 공이 두더지 가족의 아늑한 보금자리를 무너뜨리지는 않았을까, 갑자기 걱정이 된다.

"조금 기다렸다 치세요. 꿩다리도 부러뜨리면 안 되잖아요."

공을 떨어뜨릴 곳을 측량하느라 눈을 치떠 보니 장끼와 까투리가 새끼들을 데리고 일렬종대로 페어웨이를 가로질러 행진을 하고 있었다. 앙바틈한 몸맨두리의 까투리는 종깃굽에 힘을 주고 뒤뚱거리며 걷고, 도담스러운 새끼들은 앙글거리며 뒤를 따른다. 식솔을 거느리고 나들이를 나온 장끼는 나볏하게 목을 뻣뻣이 세우고 걷고 있다. 나는 꿩 가족의 한가로운 행렬이 지나가기를 기다린다.

7번 아이언으로 페어웨이로 빼내긴 했다. 그린까지는 백 미터 남짓 남았다. 어프로치를 신중하게 시도하는 수밖에 없다. 보기에 만족해야 할 것이다.

"왼발 오르막은 공을 왼쪽에 놓고……."

곁에 서 있던 꺽정 씨가 조언을 한다.

"그렇게 아둔패기는 아니에요. 그쯤은 안다구요."

알면 무슨 소용이 있겠는가. 각지한대로 실행이 된다면 진즉에 싱글타수도 쳐봤을 것이며 이븐파도 했으리라. 둔탁하게 맞은 내 공은 그린에 올라가지 못하고 도중에서 주저앉고 만다. 나야말로 뒷심이 부족한가보다.

꺽정 씨는 투온을 시켰다. 그렇지만 버디를 노리기에는 깃대와 공의 사이가 제법 멀다.

"내가 버디의 진수를 보여드리지."

"실언의 진수를 볼 것 같은데요."

꺽정 씨의 자신만만한 농담에 경희가 찬물을 끼얹는다.

그러나 꺽정 씨가 누구인가. 퍼트의 귀재가 아닌가. 어쩐지 단번에 넣을 것 같은 불길한 예감이 든다. 아니나 다를까 꺽정 씨의 공은 비틀거리면서도 구멍을 찾아간다.

"나이스 버디."

경희는 목청껏 소리를 질렀고 나는 박수를 쳐주려고 장갑을 벗던 중이었다. 그런데 세상에 이런 이변도 있나. 분명 구멍 안으로 들어갔던 공이 물처럼 넘쳐흘러 나오더니 구멍에서 한 뼘쯤 떨어진 곳에 멈춰 섰다.

눈 달린 듯이 길 찾아갔던 공이 발 달린 듯이 걸어 나오다니……

적어도 여덟 개의 눈이 지켜보는 앞에서 믿지 못할 현상이 벌어진 것이다. 구멍 안에서 기어 나온 것은 껙정 씨의 공만이 아니었다.

어,어, 외마디 소리를 뱉으며 우리 모두가 구멍으로 다가갔을 때, 컵 안에서 기어 나온 까만 털 덩어리는 꿈지럭거리며 그린을 가로질러 어디로인가 가고 있었다.

"나이스 파."

내가 웃음을 참으며 외쳤다.

"버디 아냐?"

"저 털 덩어리인지 두더지인지는 분명 국외자이고 국외자가 건 드린 볼은 나무나 돌에 맞은 것하고 똑같이 취급하니까, 버디가 아니지."

껙정 씨의 반박에 룰 박사 민호 씨가 못을 막았다. 아무도 이견 을 달지 못하고 멍하니 서로의 얼굴만 둘러보고 있다.

나는 역시나 마지막 홀의 징크스를 깨지 못하고 더블보기를 범 하고 만다. 머릿속에서 타수를 암산했다. 90타, 딱 보기 플레이를 했다. 근래의 기록과 비교해서는 좋은 편이지만 아쉬움이 남는다. 껙정 씨는 마지막 홀에서 버디가 아닌 파를 해서 74타를 쳤다. 내 일 다시 라운드를 한다면 적어도 오늘보다는 멋진 플레이를 할 것 같다.

내일은 더 잘 할 것 같고 모레는 더 잘 할 것 같고, 그러나 장갑 을 벗으면서 헤아린 점수는 언제나 기대치를 밑돌고, 정복이 힘들기에 더욱 매력이 있고, 그래서 포기하지 못하고 매달리는가.

"끝은 새로운 시작인데, 우리 다시 안 뭉칠 건가요?"

아쉬워하는 사람은 나 혼자만이 아닌가 보다. 민호 씨의 말투에도 서운함이 묻어있다.

"올해가 가기 전에 한 번 더 칩시다. 그래서 우리가 원수가 될 것인지 은인이 될 것인지를 결정합시다. 스킨스를 하던지 훗세인을 하던지 현금이 질서 있게 오가는 살기애애 화기등등한 라운드를 합시다."

꺽정 씨가 모자를 벗는다. 오랜만에 보는 그의 머리는 속알머리가 많이 줄었다. 정수리가 동그랗게 비어있다.

그러고 보니 꺽정 씨와 골프 친구로 지낸지도 오 년이 넘나보다. 곱지 않은 언사만 주고받지만 그러는 중에도 압지에 물이 스미듯 고운정 미운정이 고루 들었다. 아웅다웅 다투면서도 끝내 함께 필드를 누빌 것 같다.

"잘 쳤습니다. 즐거운 라운드였어요."

나는 캐디를 비롯한 꺽정 씨와 민호 씨, 경희, 그리고 나 자신에게 다감하게 말한다.

Golf & Sex

자주해도 질리지 않으므로 체력이 허락하는 한 죽는 날까지 한다

제19홀

파(?). 핸디캡(?). 오직 신(神)만이 설계할 수 있는 홀이라고 일컬어짐. 골프에 대한 전문 지식이나 기술이 없더라도 시각 청각 후각 촉각으로도 충분히 즐길 수 있는 홀. 페어웨이는 구릉과 계곡으로 이루어져 있음. 그린은 초봄에 갓 돋아난 풀잎같이 향긋한 내음을 풍기며, 누르면 즙이 흘러나올 것처럼 촉촉함. 특히 홀인되는 순간은 현악기의 현이 울리는 듯 파르르 떠는 소리가 남.

"생맥주, 한 잔해야죠?"

입가의 거품을 혀로 핥으며 꺽정 씨가 말한다. 18홀 라운드를 마쳤고 샤워까지 마쳤는데 어찌 생맥주로 목을 축이지 않을까 보냐. 클럽하우스의 식당에 들어와 의자를 당겨 앉기도 전에 흰 거품의 모자를 쓴 생맥주가 탁자에 놓인다.

"민호 씨, 오늘은 도망 안 가나요?"

경희가 민호 씨를 놀리느라 하는 말이다. 민호 씨는 지금은 재혼을 해서 라운드 후에 느긋한 시간을 즐기지만, 데이트에 열을 올리던 지난 해에는 급한 약속을 핑계로 사라져버리고는 했다.

그런 민호 씨를 볼 때마다 어느 골프광의 일화가 떠올랐다. 그 남자는 골프라운드를 마치고 애인과 만나기로 했는데, 약속 시각에서 무려 두 시간이나 늦어버리게 되었다.

"오늘은 정말 불상사가 일어났어. 자기가 이해를 해줘야 해."

화가 나서 핸드백을 들고 일어서는 여자를 붙잡으며 남자가 애원했다.

"홀마다 몇 팀씩 밀려있었다는 얘기? 아니면 동반자가 이글퍼을 냈는데 빠질 수 없었다는 얘기?"

남자의 애인은 골프에는 문외한이었지만, 서당개 삼 년에 풍월 읊는다고, 골프 용어 몇 개는 알고 있었다.

"자기도 알지? 내 친구 덕기말야. 개가 같이 골프를 하다가 죽었어."

"뭐라구요? 친구가 죽어요? 그래서 장례를 치르느라 늦었단 말이죠?"

이 순간만을 얼렁뚱땅 모면하려고 거짓말을 하는 것이라고 여긴 여자는 한껏 빈정대면서 코웃음을 쳤다.

"아니, 장례는 내일 치르기로 했지만, 그 녀석이 제10홀에서 퍼트를 하다가 심장마비를 일으켰어. 상상을 좀 해 보라구. 그린에서 녀석을 끌어내리고, 드라이버 치고, 공 떨어진 곳까지 녀석을 옮기고, 거기서 다시 세컨샷을 하고, 또 시체를 옮기고, 퍼트를 하고, 이렇게 나머지 홀을 시체를 끌고 다니면서 라운드를 마쳤으니

시간이 얼마나 걸렸겠어. 점수는 또 얼마나 엉망이었겠어."

이렇게 흉물을 떨었다고 한다.

세간에 회자되는 골프에 관한 우스개 중의 하나이다. 골프광에게는 친구의 죽음보다도, 양귀비만큼 요염한 애인과의 약속보다도, 골프가 우선한다는 점을 과장해서 지어낸 이야기임이 분명하다.

물론 민호 씨는 그런 얼토당토않은 거짓말을 할 위인도 아니려니와, 친구의 죽음도 나 몰라라 하고 나머지 여덟 홀을 마저 돌 미친 골프광은 아니지만 말이다.

내가 미워하는 후배가 있다. 내가 그녀를 미워하는 이유는, 선약을 깨고 남자친구를 만나러 가기 때문이다. 나와 철통같이 약속을 해놓고도 남자친구의 전화를 받으면 만사 젖히고 달려간다. 여자가 남자에게 버티는 맛도 있어야 할 텐데 남자가 당기면 당기는 대로 끌려간다. 그녀는 아마도 남자친구에게 나하고의 선약을 팽개치고 달려왔다고 야스락거릴 것이다.

"넌 자존심도 없니?"

내가 꾸짖으면 그녀는 언니 미안해, 를 연발하다가 주저하며 말을 뗀다.

"시집가야 하잖아."

하기야 나이가 마흔에 가까운 노처녀에게 결혼이란 최급선무일 것이다. 아무리 그렇다고 해도 나는 그녀의 배신을 못 참겠기에

매번 심하게 불만을 토로했다.

　"언니, 그 사람이 나 사랑한다고 했어. 결혼하자고 했어."

　나를 팽개치고 선불 맞은 송아지처럼 달려 나가더니 돌아와서 너스레를 늘어놓았다.

　"그래, 그 사랑 타령, 언제 한 거야? 차 마시면서? 술 마시면서? 섹스 도중에?"

　나는 심사가 꼬여서 듣기에 거북한 언사도 걸러내지 않고 뱉었다.

"아냐. 나 며칠 전에 그이가 머리 얹어줬잖아. 결혼해서 같이 골프하자고 했단 말이야."

후배는 막 골프에 입문하던 참이라 골프의 블랙홀 같은 흡인력을 모르고 있었다. 사랑하는 남자가 배워보라고 권하던 운동이니까, 애인 따라서 연습장 출입을 하다가 엉겁결에 머리를 얹은 것이다.

데이트에 바쁘고 생업에 쫓기는 그녀를 나도 자주 만날 시간이 없어서 피차에 소원하게 보냈는데, 몇 달 후에 그녀에게서 결혼 청첩장이 날아왔다.

"한반도에 장마전선이 지나갈 때로구만. 비가 온다고 결혼식을 못할 것은 없지만서두."

그동안 이 언니에게 전화도 없이 둘이서 닭살 돋게 놀아나는 꼴이 마땅치 않아서 고운 소리가 안나왔다.

"언니, 어떻게 알았지? 실은 기상청에 물어봐서 천둥 번개칠 확률이 높은 날로 잡았어."

"요강단지에 사과를 넣어가지고 시집을 가면 금슬이 좋아진다는 얘기는 들어봤어도, 천둥 번개치는 날 결혼식 올리면 깨소금 쏟아진다는 유언비어는 금시초문인데?"

"아냐, 우린 그런 속설은 안 믿어."

"오호라, 네 신랑 친구들이 비가 오는 날이라야 골프 못하고 예식에 참석할 테니까?"

"그게 아니라 친구들 공치는데 우리만 심심하게 결혼식하고 있으려면 억울하잖아."

불과 반 년 만에, 사람이 변해도 많이 변했다 싶었다. 그녀도 따분한 결혼식보다는 필드에서 공을 치는 편이 더 재미있다고 생각할 만치 골프에 빠져버린 것이다.

인생의 선배로서 골프의 선배로서 내가 그녀에게 해줄 말이란, 잘 먹고 잘 살아라, 밖에 없었다. 덧붙인다면, 건강을 위하여 낮에는 열심히 (공을) 치고, 금슬을 위하여 밤에는 열심히 하고.

며칠 전, 그녀는 전화 속에서 말했다.

"언니, 우리 그이는 말이야. 누가 골퍼 아니랄까봐 밤마다 홀인원이야. 단번에 홀인이라니까."

처음엔 무슨 말인지 못 알아들었는데, 곱씹다 보니 말의 뜻이 잡혀주었다.

"솔직히, 홀인원이란 일생에 한 번이나 할까 말까하기 때문에 값진 거야. 페어웨이를 두루 탐사하면서 새가 우짖는 소리도 듣고, 시냇물 흐르는 소리에 귀 기울이고, 삭막한 벙커에서 헤매고, 풀숲에서 길도 잃어봐야, 골프가 맛있고 재미있는 줄을 알게 되는 거지. 니 남편에게 전해. 홀인원만 좋아하지 말라고."

"김 작가가 무슨 생각하는지 내가 맞춰볼까?"

꺽정 씨가 어깨를 툭치는 바람에 후배 생각에서 빠져나왔다. 꺽정 씨가 싱글싱글 웃음을 물고 있다. 나는 속내를 들킨 것 같아 얼굴이 붉어졌지만 짐짓 다른 소리로 둘러댔다.

"오늘, 어느 홀에서 실수가 많았든가 돌이켜 복습하고 있었어요. 퍼트, 역시 퍼트가 난조였어요. 구멍 찾아 넣는 것은 역시 꺽정 씨를 따를 사람이 없음도 새삼 깨달았고."

"퍼트는 내기를 해야 늘어요. 신중해지거든요. 다음 번은 옷 벗기 내기합시다."

"옷 벗기 내기보다는 옷 입기 내기가 낫지 않겠어요? 태초의 아담과 이브처럼 다 벗고 시작해 봐요."

꺽정 씨와 경희의 황당하기 이를 데 없는 농담에 제19홀에도 웃음꽃이 만발한다.

골프 용어

※ 그린피(green fee) : 골프 경기자가 지불하는 코스의 사용료.

※ 드라이버(driver) : 공을 멀리 칠때 사용하는 머리가 나무로 된 골프채. 1번 우드의 다른 이름. 최장거리를 치기 위한 채이며 골프채 중에서 가장 길고 머리의 경사가 수직에 가까움.

※ 드롭(drop) : 규정에 의해 공을 주워서 다른 위치에 떨어뜨리는 것. 홀을 향해서 똑바로 서서 자기의 어깨 너머 뒤쪽에 수직으로 떨어뜨린다.

※ 디봇(divot) : 공을 쳤을 때 잔디나 흙이 골프채의 머리에 닿아 파여진 곳. 디봇자국은 생긴 즉시 잔디를 덮고 밟아 주는 것이 에티켓임.

※ 라이(lie) : 낙하된 공의 위치 또는 상태.

※ 로컬룰(local rule) : 총칙에 대해서 각 코스의 특수조건에 의해 설정하는 지역적 규칙.

※ 버디(birdie) : '표준타수보다 한 번 덜 쳐서 구멍에 넣기' 라는 뜻으로, 파(par)보다 하나 적은 타수로 홀인하는 것. 새(bird)의 뜻도 있음.

※ 벙커(bunker) : 사전상으로는 '골프장의 모래구멍, 모래장애' 의 뜻으로 골프에서는 장애물의 일종임. 경기규정에서는 벙커는 그 주위보다 깊거나, 표면의 흙을 노출시키고, 또는 모래를 깔아 놓도록 되어 있음.

※ 샌드웨지(sand wedge) : 모래 벙커에 빠진 공을 쳐내기 쉽도록 만들어진 아이언 채.

※ 스웨이(sway) : 스윙을 할 때 몸의 중심점을 좌우 또는 상하로 이동시키는 것.

※ 스푼(spoon) : 머리가 나무로 된 3번 골프채.

※ 슬라이스(slice) : 오른손 타자일 경우 볼이 비구선보다 오른쪽으로 곡선을 그리며 나가는 것.

※ 싱글핸디캐퍼(single handicapper) : 핸디캡이 9이하 1까지의 골퍼.

※ 아너(honor) : 티잉그라운드에서 먼저 티샷하는 영광. 1번 티에서는 대개 제비로 정한다. 그 후는 앞 홀에서의 타수가 적은 사람이 아너 자격자가 된다.

※ 아이언(iron) : 머리 부분이 금속으로 된 골프채.

※ 어드레스(address) : 경기자가 공을 치기 위하여 발의 위치를 정하고 골프채의 머리를 지면에 놓아둔 채로 있는 상태.

※ 오비(O · B) : 아웃 오브 바운즈(out of bounds)의 약자. 플레이가 금지된 구역.

※ 왜글(waggle) : 골프채에 탄력을 붙이는 동작. 백스윙을 시작하기 전에 손목만으로 가볍게 채를 흔들어서 굳어있는 근육을 부드럽게 하는 운동.

※ 워터해저드(water hazard) : 골프코스 내에 있는 호수, 연못, 습지, 강 따위의 물과 관계있는 장애물.

※ 이글(Eagle) : 사전상의 의미는 '독수리', 골프에서 표준타수인 파(pay)보다 두 개 적은 타수로 홀인하는 것.

※ 임팩트(impact) : 공이 골프채의 머리에 닿는 순간에 전달되는 힘과 동작.

※ 캐주얼워터(casual water) : 비나 눈이 와서 일시적으로 물이 고인 곳. 공이 고인 물 안에 있거나 일부가 고인 물에 접촉하고 있으면 자연장애물로 취급할 수 있다.

※ 컨시드(concede) : 매치 플레이를 할 때 상대방이 공을 단번에 홀에 넣을 수 있다고 생각되는 경우 퍼트를 하기 전에 '좋다' 혹은 '오케이'라고 말해서 홀을 주는 것. 스트로크 플레이에서는 허용되지 않음.

※ 클리이크(cleek) : '머리에 좁다란 쇠를 댄 골프채'라는 뜻의 5번우드의 다른 이름. 원래는 골프채 머리의 경사도가 적은 아이언 채를 말하는 것으로 퍼터는 퍼팅 클리이크라고 부름.

※ 테이크백(take back) : 골프채를 뒤로 빼서 치켜드는 동작. 백스윙과 같은 뜻.

※ 토핑(topping) : 공의 위쪽 부분을 치는 것.

※ 티샷(tee shot) : 각 홀의 출발구역인 티잉그라운드에서 공을 자기가 좋아하는 높이의 티에 얹고서 제1타를 치는 행위.

※ 티잉그라운드(teeing ground) : 각 홀의 제1타를 치기 위해 설치된 지역.

※ 파(par) : 표준타수. 티잉그라운드와 그린 사이의 거리에 따라서 파5, 파4, 파3의 세 종류로 나눔.

※ 퍼터(putter) : 그린 위에서 홀에 직접 공을 넣기 위해 사용하는 채.

※ 페어웨이(fairway) : 각 홀의 출발구역인 티잉그라운드에서 그린에 이르는 사이의 잔디를 짧게 깎은 구역

※ 피칭웨지(pitching wedge) : 머리의 경사가 많고 무게도 무거운 아이언 채의 일종으로 공을 짧고 높이 쳐올려서 목표지점에 낙하시킨 후 거의 굴리지 않고 정지시킬 때 사용함.

※ 홀인원(hole in one) : 티잉그라운드에서 친 공이 홀에 들어 가는 것.